KB040269

내
꽃
도

한
번
은

피
리
라

이임자 지음

동아일보사

희망의 씨앗이 있으면
누구나 아름다운 꽃을
피울 수 있습니다

국토순례, 국토도보대장정……. 많은 사람들이 관심을 갖는 일이고, 신문에 자주 오르내리는 말입니다. 뭔가 답답하고 일이 풀리지 않을 때, 새로운 마음가짐으로 살고 싶다고 생각될 때, 혹은 일상으로부터 떠나 자신을 좀 더 깊이 들여다보고 싶을 때 사람들은 조금은 평범하지 않은 방법을 생각하게 됩니다.

저 역시 그랬습니다. 즐거운 관광길이 아닌, 걷기만 하는 지루한 자신과의 싸움에서 뭔가 새로운 눈뜸을 경험할 수 있을 거라 기대하면서 길 위로 나섰습니다.

과거의 저는 글로 풀어먹는 기자였지만 지금은 말로 풀어먹는 산업교육기관의 강사입니다. 명예퇴직 후, 30년 가까이 익숙한 일들과 결별하고 굳은 머리로 새 일에 도전한다는 것은 여간 어려운 일이 아니었습니다.

우연한 기회에 한국리더십센터를 알게 됐고, 2002년 강사가 되었습니다. 하지만 강사로서 화려한 비상을 기대하고 꿈꾸었던 것과는 달리, 교육을 통하여 교육생을 감동시키고 그들의 삶을 변화시키는 단초를 갖게 하는 일이 얼마나 어려운가를 매번 뼈저리게 절감했습니다. 그러면서 어느 날 이대로 침몰하고 마는 것은 아닌지 두려움에 떨며 속울음도 여러 번 삼켜야 했습니다.

단순히 먹고 살기 위해서가 아니라, 팔팔 살아 움직이는 내가 되기 위해 오늘 나는 무엇을 해야 하는가를 생각했습니다. 그리고 마침내 결심했습니다. 떠나보자고.

겉으로는 무심한 척 남들이 다 하는 거 나도 한번 도전해보는 거라고 말했지만, 그 속내를 들여다 보면 현실 앞에 무기력해져가는 나 자신이 부끄러워 시작한 여행입니다. 내 삶의 꽃을 피우기 전에 여기서 이대로 물러설 수 없다는 절박한 마음의 또 다른 표현이기도 합니다.

하지만 예순 넘은 여자가 우리 땅을 걸어서 한 바퀴 돈다는 것이 얼마나 무모한 일이었는지를 깨닫기까지는 그리 오랜 시간이 걸리지 않았습니다. 한 가지 다행스러운 점은 매일매일이 아니라 짧게는 3일, 길게는 7일을 쉬엄쉬엄 걸었다는 것입니다.

발에 물집이 잡혀 한 발짝도 더 떼어놓기 힘들 때, 몇 시간째 아무도 없는 깜깜한 산길을 혼자 걸을 때 '누가 알아주는 것도 아니고, 기록을 세우려는 것도 아닌데 여기서 그만둬도 되지 않을까?'라는 유혹이 스멀스멀 저를 괴롭혔습니다. 그때 문득 떠오른 것이 미국의 전 헤비급 챔피언인 제임스 J. 코벳의 말이었습니다. 기자들이, 어떻게 정상에까지 오를 수 있었는지 그 비결을 물었을 때 그는 이렇게 대답했습니다.

"당신이 너무 지쳐 발을 움직일 수조차 없다고 느낄 때, 한 라운드를 더 싸우십시오."

이 말을 위안 삼아, 210만여 보, 6000여km, 76일간의 여정 끝에 마침내 국토순례에 마침표를 찍을 수 있었습니다. 힘들고 고달픈 여정을 통해 깨달은 사실은 '마지막 트로피는 결코 포기하지 않은 사람에게 주어진다'는 것입니다.

천천히 걸으면 희망도 연장된다

처음 국토순례를 하겠다고 결심했을 때 머릿속은 여러 가지 생각들로 복잡했습니다.

'언제 출발할까?', '코스는 어떻게 잡을까?', '국토순례를 하는 동안 일터를 비워도 될까?', '낯선 곳에서 잠자는 일이 여간 불편한 게 아닐 텐데 어떻게 하지……?'

그러나 형체도 없으면서 거대한 바윗덩어리가 되어 짓누르곤 하던 그 많던 핑계와 두려움은 정작 떠날 날이 다가오니 슬그머니 꼬리를 감추어버렸습니다.

'꼭 이렇게까지 해야 하나?', '이렇게 복잡한 방법 말고는 없나?', '좀 더 쉽고, 외롭지 않은 다른 길은 없나?', '그 시간에 집에서 책을 읽으면 더 좋지 않을까?' 하던 생각들이 거짓말처럼 사라진 것입니다.

오랜 궁리와 저울질 끝에, 대장정의 첫 번째 일정은 2004년 12월 29일부터 2005년 1월 1일까지로 잡았습니다. 길 위에서 한 해를 보내고 새해를 맞는다면 좀 더 의미가 있지 않을까, 하는 생각에서였습니다.

국토순례를 시작할 때는 1년이면 되겠지 했는데 결국 2년 반이 걸렸습니다. 주일엔 어떤 일이 있어도 교회학교 교사로서의 사명을 다 해야 했으므로, 주중의 스케줄을 조정하다 보니 그토록 긴 시간이 소요된 것입니다.

산악인이자 동료인 김인백 교수의 조언은 예상보다 길어지는 일정 때문에 조급해하던 제게 큰 위로가 되었습니다.

"가능하면 천천히 하세요. 희망이 연장되는 것 같아 좋잖아요. 급할 게 뭐 있어요? 누가 쫓아오는 것도 아니고. 그 마감 시간은 늦출수록 좋겠네요."

아직도 가야 할 끝나지 않은 길

탁 트인 바다와 철썩대는 파도, 새벽에 보는 일출로 인해 동해안을 걸을 때는 흥분과 설렘으로 아릿한 통증 같은 게 밀려왔습니다. 다도해의 절경에 이르렀을 때는 마치 돌아갈 수 없는 고향을 두고 떠나온 사람이기라도 한듯 여러 번 가슴을 쓸어내리기도 했습니다.

그러나 그에 못지않게 큰 즐거움은 길 가는 중간중간에 카페에 앉아 글을 쓰고 책을 읽는 일이었습니다. 여행지에서 책을 읽는 건 책상머리에 앉아 읽는 것과는 또 다른 행복을 가져다주었습니다. 중국 속담에 '만 권의 책을 읽기보다 만 리의 여행을 하라'는 말이 있지만, 여행을 하면서 책도 읽는 이 일이 힘든 여정 속에서 저를 지탱해주었습니다.

국토순례의 첫발을 내디딜 때만 해도 '내 나라 땅을 걸어서 돌다 보면 뭔가 어마어마한 깨달음이 있을 거야, 두려움과 염려로부터 자유를 얻고, 미움과 분노로부터 해방되고, 마음 속의 매듭이 풀려 나갈 거야, 그리고 세상에 대한 놀라운 눈뜸이 있을 거야'라는 기대가 있었습니다.

물론 기대했던 대로, 내 몸에 덕지덕지 붙었던 것들이 상당 부분 떨어져 나간 것이 사실입니다. 그러나 굳이 따지자면, 그런 것들은 길에서 얻어진 것이라기보다 길을 떠나고자 했던 내 마음에서 이미 시작되었다고 볼 수 있습니다.

제가 국토를 순례한다고 했더니 주변 사람들이 하나 둘씩 눈을 반짝이며 관심을 보였습니다. 그들 중에는 아예 순렛길에 따라 나서겠다는 이들도 있었습니다. 그러나 길 가다 메모하며, 맘이 끌리는 곳에서 차 한 잔 시켜놓고 하염없이 공상하거나 책에 푹 빠지기도 하고, 배고프면 밥 먹고, 날이 저물면 잠잘 곳을 찾고, 저녁엔 이런저런 생각하며 정리를 해야 하는 자유로우면서도 꽉 짜인 일정을 그 누가 맞출 수 있을까요?

스콧 펙의 연작 제목처럼 나의 길은 '아직도 가야 할 길'과 '끝나지 않은 길'로 끝없이 이어질 텐데. 그리고 어느 작가의 말처럼 '가장 어려운 일은 정상을 정복하는 것이 아니고, 정상을 정복하겠다는 마음을 계속 유지하며 끊임없이 앞으로 나아가는 것'인데.

국토순례를 끝내고 출판을 준비하던 중, 《토지》의 작가 박경리 선생과 《당신들의 천국》의 작가 이청준 선생이 2008년 5월 5일과

7월 31일에 각각 작고하셨다는 비보를 접했습니다. 이번 순롓길에 그분들 작품의 배경이 되었던 하동포구의 평사리와 고흥 앞바다의 소록도를 남다른 마음으로 둘러본 기억이 새롭게 떠오릅니다.

국토순례를 일단락하면서 감사의 말을 전하고 싶은 분들이 많습니다. 먼저 이 일을 끝까지 해낸 스스로를 칭찬하고 싶고, 그런 나 자신에게 감사합니다. 긴긴 기간 내내 지치지 않고 버틸 수 있게 해준 힘은 역시 손에 잡히는 분명한 목표였습니다.

30대 초반부터 지금까지, 그리고 앞으로 이 땅에 있는 동안 내내 내 영혼의 못자리가 되어줄 여의도순복음교회가 있음으로 해서 무척 행복합니다. 또 영적 스승이자 인도자이신 조용기 목사님과 그의 제자 목사님들이 전해준 주옥같은 생명의 말씀들로 인해 내가 울다가도 눈물 닦으며 힘내고 살 수 있게 된 것에 대해 고개 숙여 감사드립니다.

한국리더십센터의 김경섭 박사와 임직원, 그리고 동료 교수님들께도 고마운 마음을 전합니다. 이분들이야말로 부족한 제게 강사로서의 길을 터주려 무척이나 마음을 써주며 부끄럼 없이 그곳에서 활개칠 수 있도록 배려를 아끼지 않던 분들입니다.

무촌 혹은 1촌의 관계로 한집에 사는 가족이 없는 제게, 형제들은 항상 큰 힘이 되어주었습니다. 영애, 영자, 영숙 세 언니와 새언니 이상열, 남동생 상문과 여동생 경자, 그리고 그들의 배우자들, 만나면 언제나 즐겁고 그들이야말로 진실로 내 편이라는 생각을 하면 한없이 흐뭇하고 든든합니다.

일일이 이름을 열거할 수 없는 친구들과, 함께 기도하며 은혜를 나누던 구역 식구들에게도 마음 속 깊이 감사하다는 말을 전합니다.

국토순례를 해내고, 이렇게 책으로까지 낸 것을 보면 한없이 기뻐하실 아버지 이철이와 어머니 서복수 두 분 영전에 이 책을 바칩니다.

2009년 5월
이임자

contents

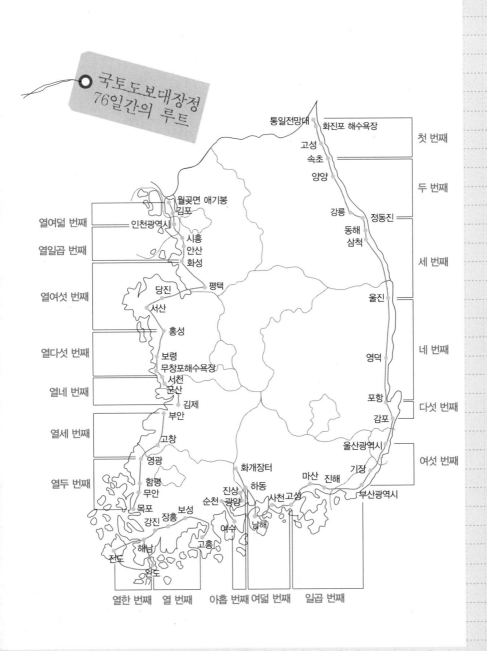

국토도보대장정
76일간의 루트

통일전망대
화진포 해수욕장   첫 번째
고성
속초   두 번째
양양
강릉   정동진
동해
삼척   세 번째
월곶면 애기봉
김포
인천광역시   열여덟 번째
시흥   열일곱 번째
안산
화성
평택
울진
당진   열여섯 번째
서산
영덕   네 번째
홍성
보령   열다섯 번째
무창포해수욕장
서천
군산   열네 번째
포항
김제
감포   다섯 번째
부안   열세 번째
고창
울산광역시
영광   여섯 번째
함평   화개장터   기장
무안   진상 하동   마산 진해
열두 번째   순천 광양   사천고성
목포   장흥 보성   여수 남해   부산광역시
강진
해남
진도
완도

열한 번째   열 번째   아홉 번째 여덟 번째   일곱 번째

길 위에서
인생 제2막을 열다

새벽 6시 30분, 전날 미리 챙겨둔 배낭을 메고 집을 살며시 빠져 나왔다.
누가 억지로 등 떠민 것도 아닌데 무엇이 나를 이 추운 겨울,
길 위로 나서게 했을까? 나는 이 순례를 통해
인생의 터닝포인트를 찾고 그토록 원하던 '내 안의 무엇'을
찾을 수 있을까?

새 바퀴로 갈아 끼우는 기회, 은퇴

아침 7시 30분 동서울터미널, 한 해를 마무리하는 12월의 끝자락에서 나는 새로운 도약을 위한 국토순례의 첫발을 내디뎠다. 약간의 설렘과 그에 못지않은 두려움. 그럼에도 몸은 이미 길 위로 나서고 있었다.

4시간 정도 걸려 강원도 고성군 대진에 도착했다. 버스의 종착역이자 국토순례의 시작점이다. 올해 들어 최고의 추위라는 일기예보가 무색하게 바닷가는 푸근했다. 싸늘하지만 상쾌한 한겨울의 공기. 그러나 짙푸른 겨울 바다가 거대한 파도를 만들며 포효하는 모습을 보자 '싸아' 하고 밀려드는 흥분! 동트는 아침에 이 바닷가에 서서 소원을 빈다면 그 소원은 반드시 이루어질 것 같다.

하지만 역시 강원도. 살을 에이는 추위는 아니라 해도 버스가 다니는 길은 꽁꽁 얼어붙어 있었다. 그 길에서 두 번 엉덩방아를 찧는 것으로 국토순례의 첫인사를 하였다. 혼자서 킬킬 웃었다.

독일의 대문호 괴테는 이미 작가로서 명성을 얻은 30대 후반에 바이마르공화국 추밀고문관 자리를 떠나 이탈리아 여행길에 오른다. 10년 동안 정치판에 몸담고 있으면서 작가로서의 창의력과 감수성이 고갈되는 것에 위협을 느꼈기 때문이다. 괴테는 그날의 일을 이렇게 적고 있다.

새벽 3시에 칼스바트를 몰래 빠져 나왔다. 그렇게 하지 않았더라면 사람들이 나를 떠나게 내버려두지 않았을 테니까. 8월 28일 내 생일을 진심으로 축하해주려고 했던 사람들은 그것만으로도 아마 나를 붙잡아둘 만한 충분한 이유가 있었을 것이다. 하지만 더 이상 이곳에서만 지체할 수는 없는 일이었다.

서른일곱 생일 축하 파티가 한창 무르익던 시각, 축하객들 사이에서 살며시 빠져 나온 괴테는 여행 가방과 오소리 가죽 배낭만 간단히 꾸린 채 그렇게 훌쩍 이탈리아로 떠난 것이다.

작가이자 정치가로서의 부와 명성을 뒤로하고 도망치다시피 이탈리아로 간 괴테. 그는 로마에 도착한 첫날을 '진정한 삶이 다시 시작된 날'이라고 표현했을 정도로 큰 감동을 느낀다. 그리고 이탈리아 여행을 하면서 보고 듣고 체험한 것들을 기록하여 1829년 《이

서른일곱 생일날 새벽 3시,
괴테는 아무에게도 알리지 않고
홀로 이탈리아로 떠난다.
그는 로마에 도착한 첫날을
'진정한 삶이 새로 시작된 날'이라고
적고 있다.
사진은 괴테의 생가 내부.

탈리아 기행》을 출간한다.

　'세계의 수도'이며 '거대한 학교'라는 로마 여행을 통해 작가로서의 감각을 새롭게 담금질했을 괴테. 나도 이 국토순례를 통해 인생의 터닝포인트를 맞고 '내 안의 무엇'을 찾게 될까?

실패의 보따리 속에는 은밀한 선물이

　나는 출판사와 잡지사 등에서 오랫동안 편집자로, 기자로 일했다. 그러나 만족하며 신나게 일하던 그 직업을 타의에 의해 마감했다. 그것은 명예퇴직이라는 이름의 불명예퇴직이었다.

당시 나는 월간지 《음악동아》의 편집장이었다. 동서양의 이름 있는 음악가들을 만나고, 그들이 연주하는 연주장을 찾고, 사무실에 들어와 이어폰을 꽂고 음악을 들으며 기사를 쓰는, 더 이상 바랄 게 없는 행복한 직장인이었다.

그러나 만드는 사람만 춤추고 있었나 보다. 사람들은 음악을 '들으려' 하지 '읽으려' 하지 않았다. 좋은 잡지라는 평가를 받으면서도 생존할 만큼 널리 읽히지 않아 결국 잡지는 폐간의 위기를 맞게 됐고, 책임을 맡고 있던 나는 명예퇴직자 명단에 오르게 되었다.

당시 회사 내에서는 잡지를 살리자는 주장과 어차피 안 될 거 지금이라도 접는 게 옳다는 주장이 엇갈렸다. 나는 양측 사이에서 뚜렷한 주관이나 대안 없이 괴로워하다가 1995년 4월 말, 《음악동아》가 비운의 막을 내리는 것을 바라만 봐야 했다.

지금 다시 그런 상황에 놓인다 해도 어떻게 하는 것이 최선의 선택인지, 그 잡지를 살릴 수 있는 묘안은 무엇이었는지 판단이 서지 않는다. 나는 천재도 아닌 데다 노력도 별로 하지 않았으며, 재능도 열정도 없는 그저 보통 사람일 뿐이었다. 결국 8개월 정도 편집위원이란 타이틀로 보직 없이 지내다 회사를 떠나야 했다.

그 뒤로 긴긴 방황이 시작되었다. 한때는 온몸에 벌집처럼 흉측하게 피부병이 퍼져 거의 1년 동안 병원에 다녀야 했다. 머릿속으로는 특별히 억울하다거나 원망스럽다거나 하는 생각이 들지 않았지만 내 몸은 나도 모르게 아픔을 호소하고 있었다.

피부병이 낫고 나서 1년쯤 뒤에는 머리카락이 숭숭 빠져 나갔다. 다시 반년 가까이 피부과 병원을 다니며 그 귀찮고, 도태되고, 소외된 감정을 억눌러야 했다.

'그래, 세상은 다 그런 거야', '이건 나만 겪는 일이 아니야', '문제는 나한테 있어. 앞으로가 중요해'……

퇴직 후 내가 가장 힘들어한 것은 사람들로부터의 소홀한 취급이었다. 대감집 송아지 백정 무서운 줄 몰랐던 걸까, 내 직책이 나인 줄 알고 덤벙대며 살았고 그 직책이 벗겨지자 벌거벗은 채 싸늘한 세상과 마주해야 했다.

언제부터인가 친구도, 가족도 멀어졌다. 나이가 들수록 아름다운 인간관계가 가장 큰 힘이 된다고 하지만, 나는 점점 더 그런 것과 멀어지고 있었다.

그러나 실패의 보따리 속에는 은밀하고도 새로운 선물이 들어 있게 마련이다. 은퇴(Retire)를 새 바퀴로 갈아 끼우는(Re-tire) 기회로 생각하기로 한 것이다. 물론 그 깨달음이 퇴직과 동시에 찾아온 것은 아니지만 나는 서서히 회복돼가고 있었다.

훌륭한 예술가는 창조하고, 위대한 예술가는 훔친다

약간의 눈발이 날렸으나 바람 한 점 없는 날씨. 동해안을 따라 통일전망대 입구에 다다랐다. 그런데 여기서 문제가 발생했다. 겨울에는 통일전망대까지 가는 셔틀버스도 없는 데다 체인을 끼우지 않으면 그 어떤 차도 들어갈 수 없다는 것이다. 택시라도 타고 가려 했으나 요금이 자그마치 5만원이란다! 할 수 없지, 이 담에 오면 되지.

"아니 아줌마, 혼자 여행하시는 거예요?"
통일전망대 입구 휴게소에서 커피 한 잔을 시켜놓고 앞으로 펼쳐질 대장정에 대해 골몰하고 있는데 지나가던 여인이 묻는다.
"네."
"어디서 어디까지요?"
"전국을 한 바퀴 돌 생각인데요."
"어머머, 멋있어요. 나도 그러고 싶은데 시간이 없어서요. 정말 멋지네요. 아줌마 파이팅!"
'멋있다니! 굳이 국토순례를 하지 않아도 될 온갖 핑계를 갖다붙이다 이제 겨우 시작한 건데……
왜 그리 두려워했을까, 국토를 걸어서 한 바퀴 도는 일을. 지난해 한 신문에 보도된 65세 여성의 기사는 평소 뭔지 모를 일탈을 꿈꾸

주변 경관이 뛰어난 화진포해수욕장. 가까이에 김일성과 이승만, 이기붕의 별장이 있다.

던 내게 잔잔한 파문을 일으켰다. 그는 해남 땅끝마을을 출발, 국토
를 대각선으로 종단하여 고성의 통일전망대까지 한 달 정도 걸려
그 일을 해냈다.

그로부터 또 한 달쯤 뒤, 이번에는 70세의 할아버지가 같은 코스
를 걸었다는 기사가 신문에 실렸다. 게다가 그분은 식사까지도 손
수 해 드셨다고 한다. 대단한 열정과 인내의 모습이 아닌가?

그리고 지난해 가을, 역시 같은 코스를 주파한 30대 초반의 한

여성은 사진과 함께 자세한 안내를 곁들여 책을 내기도 했다.

나도 한번 흉내 내봐? 피카소는 "훌륭한 예술가는 창조하고, 위대한 예술가는 훔친다"고 말했다. 나는 둘 다일 수 있으니까 흉내 내면서 나름대로 창조해보지 뭐.

이제 내 차례가 되었다. 어느 누가 순서를 정해준 것은 아니지만, 이제는 생각 속에만 묻어두지 말고 나도 한번 떠나보자고 한 것이다.

이 길로 가도 되고, 저 길로 가도 되고

마음이 한량없이 편하다. 국토순례를 시작했다는 사실이 대견하기만 하다. 시작이 반이라 했으니 앞으로 나는 매달 국토순례를 위한 시간 만드는 일을 삶의 우선순위에 올려놓을 작정이다.

강원도 고성군은 북위 38도에 위치해 있다. 고성군에는 화진포 해수욕장을 비롯해 많은 절경들이 있으나 겨울이어서 그런지 사람들의 발길이 뜸하다. 가끔은 애매한 갈림길에서 길을 물어보려고 하지만 사람의 모습이 보이지 않는다. 마침 택배 차에 오르려는 아저씨가 있어 길을 물었다.

"해안을 따라 남쪽으로 가려면 어느 길로 가야 하지요?"

"여기가 최북단이오. 더 이상 북쪽은 없어요."

내 말을 잘못 이해한 듯 동문서답한다. 아니 남문북답한다.

라면을 끓여준 가겟집 아줌마에게 물었다.

"아줌마, 여기서 어느 길로 가야 부산 쪽으로 가는 남쪽이지요?"

"여기서 부산이 어디라고 걸어요? 아예 생각도 말아요."

쉽게 묻는답시고 묻는 내 질문에 여전히 남문북답한다.

"아니요, 예를 들어 그렇다는 것이고 어느 게 바다를 끼고 남쪽으로 내려가는 길이냐고요?"

"가다 가다 물어가세요. 이 길로 가도 되고, 저 길로 가다가 돌아도 되고."

그래, 그 말이 정답이다.

화진포에는 김일성과 이승만, 이기붕의 별장이 있다. 화진포해수욕장 주변의 자연경관이 수려하다. 해수욕장과 맞닿아 두 개의 넓은 화진포 호수가 있고 해양박물관도 있다. 바다와 호수 주변에서는 높고 낮은 산들이 겹겹이 보이고 별장이든, 박물관이든 모두 동화 속 배경들처럼 멋스럽고 이국적이다.

마냥 앉아 쉬고 싶은 작은 공원들이 곳곳에 있다. 걷는 데 아직 익숙지 않은 몸은 천근만근 무겁지만 한 번 쉬면 일어나기 힘들 것 같아 걷고 또 걸었다.

"이곳 날씨는 강원도 산간하고는 영 달라요. 남쪽 날씨 같아요."

가겟집 아줌마가 한 말이다. 그랬구나. 그래서 한겨울인데도 이렇게 푸근하고 기분이 좋았구나. 혼자 걷는 쓸쓸함에 날씨까지 추웠다면 아마 조금은 우울했을지도 모르겠다.

김일성 별장은 공사 중이라 출입이 금지되어 겉모습만 바라보았다. 바다가 보이는 해안 절벽 송림 속에 우아하게 자리 잡은 모습이 영주의 성 같다 하여 '화진포의 성'으로 불리었다는 곳. 원래 선교사들이 지은 것인데, 김일성의 처와 김정일 형제가 1948년부터 2년 정도 이용하면서 '김일성의 별장'이란 이름이 붙은 모양이다.

김일성, 한국 현대사에 그만큼 관심의 대상이었던 인물도 많지 않다. 한때는 우리네 반공 드라마에 어지간히도 등장하던 인물. 혹 아내와 아들들이 묵었던 이곳에 그도 들른 적이 있을까?

그랬다면 이 아름다운 '화진포의 성'에서 그는 무슨 생각을 했을까? 진실로 인민을 위한 길은 무엇일까를 고민했을까, 아니면 자신이 탐닉하고 선택한 사회주의의 틀을 더욱 견고히 다졌을까?

지금 그의 아들이 자신과 똑같은 길을 걷고 있는 북쪽을 하늘에서 내려다보며 회심의 미소를 짓고 있을까, 아니면 남쪽을 바라보며 통한의 눈물을 삼키고 있을까?

지척에 있는 이기붕 별장은 작고 아담한 돌집이다. 거실, 집무실,

침실 세 개밖에 없는 이 집 역시 1920년대에 외국인 선교사들이 건축해 현재까지 보존된 건물이다. 광복 후 북한 공산당 간부 휴양소로 사용되어오다가 휴전 후 당시 부통령이던 이기붕의 아내 박마리아 여사가 개인 별장으로 사용하였다.

박마리아 여사는 이화여대 부총장을 역임했는데, 전해지는 애기에 의하면 그는 참 겸손하고 학교를 위해서도 많은 일을 했다고 한다. 나름대로 지혜로웠을 그로서도 남편의 정치적 야망이나 철없이 힘을 휘두르는 아들의 고삐를 잡기에는 역부족이었던 모양이다.

모든 게 엉성하고 어설프며 정치 풍토도 거칠기 그지없던 그 시절, 막강한 권력을 누리던 그 가족은 결국 아들 이강석의 권총에 의해 생을 마감해야 했다. 이기붕 별장의 집무실에는 이승만의 자작시 한 수가 걸려 있다.

一身泛泛水天間(일신범범수천간)　　물 따라 하늘 따라 떠도는 이몸
萬里太陽幾往還(만리태양기왕환)　　만리길 태평양을 몇 번 오간고
到處尋常形勝地(도처심상형승지)　　어느 곳 가서든지 보잘것없고
夢魂長在漢南山(몽혼장재한남산)　　꿈 속에서라도 내 나라 한남산일세

이승만의 별장 역시 생각보단 규모가 작다. 하긴 지금의 눈으로 봐서는 안 되겠지. 1945년 신축한 후 1961년 철거되었다가 1999년

'화진포의 성'이라 불린다는 김일성 별장(아래)에 비해 이승만(위), 이기붕(가운데 왼쪽)의 별장은 좀 더 소박한 편이다. 이들 별장을 바라보며 세월의 무상, 권세의 덧없음을 다시 한 번 느낀다.

7월 육군복지단에서 신축 복원하고, 유족으로부터 유품 53점을 기증받아 전시관으로 운영하고 있다.

한때 라디오나 텔레비전 드라마 같은 데서 단골로 듣던 그 특유의 육성이 집 안에 울려 퍼지고, 집무실엔 오래된 타자기와 문방사우가 주인을 잃고 쓸쓸히 놓여 있다.

계단을 따라 내려오며 세월과 권세의 덧없음을 다시금 가슴으로 느낀다. 황량한 들판을 홀로 걷는데 수북이 쌓인 덤불 아래로 봄 쑥이 쭈빗쭈빗 보인다.

오후 4시쯤, 외딴 산간마을을 걷는다. 겨울 해는 어느덧 해거름을 알리는데, 봉고를 몰고 가던 한 여인이 차를 타지 않겠느냐고 물어온다. 일부러 걷는 거라며 고마운 맘으로 거절했다. 문득 박목월의 시 '나그네'가 떠오른다.

강나루 건너서
밀밭 길을

구름에 달 가듯이
가는 나그네.

길은 외줄기

남도(南道) 삼백 리

술 익는 마을마다
타는 저녁놀

구름에 달 가듯이
가는 나그네.

오전 11시 15분부터 오후 5시 반까지, 점심과 저녁 식사 시간만 빼고 걸어서 3만2000보. 그래봤자 아직 38선 근처에서 벗어나지 못했다. 고성군 반암리 민박집에서 하룻밤 쉰다. 주인아주머니가 방이 아직 차니 안방에서 쉬어 가라며 삶은 고구마와 따끈한 커피를 한 잔 내준다.

서서히 따뜻해지는 방에 들어와 이 생각 저 생각에 사로잡힌다.

'국토도보대장정'이라는 주제가 흥미롭다고 해서 산과 들과 바다를 맥없이 훑는 것에 그쳐서는 안 된다. 수시로 내 안을 들여다보면서 자연이 주는 메시지를 예리한 눈으로 관찰할 수 있어야 한다. 그리고 무엇보다 내 몸을 악기 삼고, 무기 삼아 시작한 이 일에 긴장을 늦추지 말자고 다짐한다.

# 낯선 곳에서의 아침

새벽 5시, 낯선 곳에서 아침을 맞는다. 구본 형이 쓴 책 중 하나도 《낯선 곳에서의 아침》이다. 이 책에는 다음과 같은 대목이 나온다.

이제 스스로 우리는 세상을 이루는 하나의 빛깔이 되어 세상의 일부 가 되어야 한다. 다른 색깔의 희생을 통해 빛나는 불완전한 돋보임 이 아니라 스스로 빛나는 가장 아름다운 빛이 되어야 한다. 무엇이 되어 살다 가도 좋다. 그러나 무엇이 되든 가장 그 일을 잘할 수 있 는 사람이 되어 자신이 택한 색깔에 가장 고운 점을 하나 더하고 가 는 것은 멋진 일이다. 우리는 모두 그렇게 살 수 있다.

그는 미래를 내다보고 세계를 읽는 '조용한 부서'에서 일하며

'으쌰 으쌰 하는' 마케팅 부서의 그늘에 가려진 듯하였으나, 20년간 근무하던 IBM이라는 잘나가는 회사를 떠날 때는 이미 베스트셀러 작가가 되어 있었다. 깊은 사색과 엄청난 양의 독서, 그리고 지속적인 글쓰기 등이 이루어낸 결과였을 것이다.

어제 짐을 풀어놓고 보니 깜박하고 안 가져온 물건이 몇 가지 있었다. 그 중 하나가 화장품이다. 내심 아쉬워했는데 하루 종일 돌아다니다 보니 그런 것들이 없어도 아무런 문제가 되지 않았다.

'바람의 딸' 한비야가 잡지에 기고한 글이 생각난다. 깊은 오지로 들어갈 때, 큰 짐은 도심에 맡겨놓고 필수적인 것만 가지고 간다고 한다. 그러던 어느 날, 운 좋게 탈것을 얻어 타고 오지로 들어갔는데, 그만 그 필수품이라고 생각했던 것들을 놓고 내렸다. 그런데 오지에서 생활하다 보니 놀랍게도 꼭 필요하다고 여겼던 것들이 없어도 아주 잘 살아지더라는 것이다.

사실 우리가 살아가는 데 꼭 필요한 것은 생각보다 많지 않다. 휴대전화, 자동차, 명품 가방, 비싼 보석 등 이런 것 없이도 얼마든지 잘살 수 있는데……. 삶의 군더더기를 하나씩 하나씩 없애는 일, 지금 내게 필요한 것은 바로 이것인지도 모른다.

군인 보디가드 12명의 호위받으며 일출을 보다

아침 7시 15분경 해가 뜬다기에 서둘러 해변으로 나갔다. 겨울의 새벽 바다, 말만 들어도 설레는 그 현장.

그야말로 시커먼 파도가 밀려왔다 부서지며 포효한다. 모래사장을 막은 철조망 문이 열려 있어 안으로 들어가 해뜨길 바라며 어둑어둑한 그곳을 천천히 걸어 내려갔다.

7시 15분경 뜬다는 해는 20분이 지나도 뜨지 않고, 동해 바다 수평선만 점점 붉게 물들인다. 바로 그때, 아베크족인가 싶던 두 그림자가 멀리서 걸어오는데, 가까이서 보니 중무장한 군인들이었다. 철책 안쪽에 2명과 바깥쪽에 10명, 새벽 정찰을 하는 모양이었다.

"아주머니, 여긴 군사 지역이니 빨리 나가셔야 합니다."

"20분이나 걸어온 모래사장을 다시 돌아서 나가라고요? 이제 곧 해가 떠오를 테니 일출 좀 보고 나갈게요."

"일출은 나가면서 뒤돌아 보셔도 됩니다."

나는 조금씩 뒷걸음치면서 바다 위로 떠오르는 태양을 바라보았다. 붉은 해라지만 그 색깔은 실로 오묘했다. 한 해를 보내며 나는 태양을 내 품에 안았다. 젊고 패기 있는 군인 보디가드 12명의 호위를 받으며.

오늘따라 바다가 때론 멀리, 때론 가까이서 보이며 신비감을 더

동해안의 일출. 해뜨는 모습을 바라보노라면 언제나 설렌다.

한다. 이럴 때 내 안에서 '혁명'이라도 좀 일어났으면 하는 생각을
한다. 사춘기와 청년기에 닥치는 대로 책을 읽어야 정신과 영혼이
상상력으로 부풀어 오르고, 호기심에 차서 사물을 보게 되고, 체계
적인 사고가 가능하고, 이를 밑바탕으로 나만의 명주실을 뽑아낼
수 있을 텐데……. 그런 면에서 나는 턱없이 부족하다.

  그렇게 내면을 차곡차곡 채우지 못했기 때문에 이렇게 길 위로
나섰는지도 모른다. 만 리의 여행도 쉬운 일은 아니라는 생각을 하
며, '길 위에서' 또 다른 세상과 나를 보기를 소망해본다.

  금강산도 식후경이라 했다. 점심을 먹기 위해 중국집으로 갔다.

그 집의 짬뽕은 그 일대에선 유명한 모양이다. 한적한 동네에 웬 사람들이 그렇게 많은지, 다른 손님들과 함께 밖에서 줄을 서서 기다린 뒤에야 겨우 자리에 앉아 먹을 수 있었다. 그런데 이게 웬 봉변! 아줌마가 짬뽕을 나르다 내 분홍색 파커 뒤에 시뻘건 짬뽕 국물을 쏟아버린 것이다. 아줌마는 짬뽕을 나르느라 여념이 없는 가운데 "미안합니다"를 연발하며 젖은 행주로 닦고 또 닦아주었지만 고춧가루의 흔적은 쉽게 지워지지 않는다.

'남미의 어느 호텔에서는 신혼부부가 백사장에서 잃어버린 반지를 찾아주기 위해 이웃나라로부터 금속탐지기까지 빌려와 결국 찾아주었다는데……. 시골 중국집에서 드라이클리닝 서비스까지 바라는 건 터무니없는 일이겠지?'

숙소에서 미국 지도 모양으로 얼룩진 파커를 물수건으로 연신 닦으면서 혼자 구시렁거렸다.

구름 속에서도
태양은 밝게 빛난다

　　　　간밤에 민박한 집 아줌마는 이른 아침이건
만 대문 밖까지 따라 나와 배웅한다.

"조금 있으면 아침 먹는데 식사나 하고 가시지."

"죄송해요. 일출을 보려면 서둘러야 해서……."

그 아줌마는 자신이 돈 받고 손님한테 방 빌려주는 사람이란 걸
잊은 모양이다.

"아니 그래, 내내 걸어서 이렇게 다닌단 말이요? 나도 당뇨가 있
어 운동을 해야 하는데……. 근데 이렇게 식사도 못 하고 가서서 어
쩐대요?"

식성 좋은 내가 어렵게 아침상을 거절하고 찾은 바닷가건만 잔뜩
낀 구름 때문인지 해가 모습을 드러내지 않는다. 문득 글귀 하나가
떠오른다.

나는 태양이 빛나고 있지 않을 때에도 태양이 있음을,

내가 사랑을 느끼고 있지 않더라도 사랑이 있음을,

그리고 비록 하나님께서 침묵하고 계신다 할지라도

하나님이 살아 계심을 믿는다.

히틀러 정권 때 독일의 어느 저택 지하실 벽에 적힌 글이다. 그래, 눈에 보이지 않는다 해서 없다고 생각하는 것은 우리들의 어리석음 때문이다. 나는 구름 속에 있는 태양을 눈으로 보진 못했으나 마음의 눈으로 봤으니 됐다고 스스로를 위로하며 발길을 재촉했다.

곰바위에 앉아 새해를 디자인하다

국토순례의 첫 도시를 무사히 통과하고, 새 도시에 입성했다. 속초시. 길 위에 세워진 아치에는 '후회 없는 도전! 2014년 동계 올림픽을 향한 새로운 출발'이라고 쓰여 있다. 반대편으로 넘어와 고성은 어떻게 적혀 있는지 뒤돌아봤다. '밝은 미래를 열어가는 각광받는 고성'이다.

두 곳 모두 미래를 열어가는 도시란다. 만족할 줄 모르는 사람들이 신기루 같은 미래에 자꾸 희망을 거는 모양이다.

폭설로 인해 국토순례 3일 만에 집으로 돌아온다. 그런데 왜 안도의 한숨이 나오는 걸까?

소설가 이외수는 '기도란 신이 미래를 완벽하게 선처해놓았는데도 이에 불만을 품은 인간들이 처우 개선을 구두로 상소하는 행위'라고 해학적으로 표현하였다.

속초 8경 중 하나인 영랑호에 이르렀다.

"한 바퀴 돌려면 몇 시간이나 걸리지요?"

길 가는 여인에게 물었다.

"두 시간쯤? 빨리 걸으면 1시간 반쯤 걸리지요. 한 바퀴 돌아보세요. 좋아요."

영랑호는 못생긴 고구마 형상이다. 그래서 더욱 친근하게 느껴진다. 호수의 시작을 알리는 다리 길이는 불과 50m 정도인데, 정작 들어가 보면 넓어졌다 좁아졌다 하면서 전체 둘레가 자그마치 8km, 넓이가 36만 평에 달하는 자연 호수다.

'이곳에서 사진 촬영을 하면 아름다운 풍경을 담아 가실 수 있습니다'라는 팻말 앞에 서서 보니, 저 멀리 설악의 유명한 봉우리들이 한눈에 들어온다.

대청봉(1708m), 중청봉(1676m), 소청봉~공룡능선~마등령~울산바위~황철봉(1391m), 그리고 미시령. 아득히 멀게 느껴지던 것들이 손에 잡힐 듯 가깝게 보이지만 그것들은 물론 나 같은 사람이 오르기에는 벅찬 험산준령이다. 호수 주변의 곰바위에 올라앉아 새해를 위한 밑그림을 그린다.

　연말연시를 길 위에서 보내려던 계획은 속초에 내려진 태풍주의 보로 인해 접기로 한다. 인적이 끊긴 길을, 거세게 쏟아지는 눈 속을 뚫고 터미널을 향해 달린다.

　국토도보순례를 목놓아 기다리다 이제 막 시작했건만, 겨우 사흘 만에 집으로 향하는 발길이 이리도 흥분되고 기쁠 수가. 오후 3시 반 서울행 버스에 오르자 거짓말처럼 안도의 한숨이 나온다. 나는 이 순례를 정말 끝까지 해낼 수 있을까?

해뜨는 마을에서
희망을 보다

강릉에서 청량리역까지는 74개의 역과 120개 정도의 굴이 있다고 한다.
굴 속으로 들어가고 굴 속에서 나오며 인생이라는
숲 속에서 만난 무수한 굴들을 생각한다.
그 굴은 험한 산길을 뚫고 가는 지름길이었을까,
아니면 어둡고 캄캄한 길을 피해갈 수 없는 고비였을까?

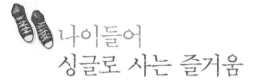

나이들어
싱글로 사는 즐거움

　　　　　　　　교회에서의 일정이 끝나자마자 출발해 지난 번 갑자기 쏟아진 폭설로 인해 황급히 서울행 버스에 올랐던 속초고 속터미널에 도착했다. 겨울의 오후 6시는 벌써 어둑어둑하다.

　그래, 다시 왔구나. 특별한 일이 없는 한 앞으로 전국을 걸어서 한 바퀴 빙 도는 일을 그만두지는 않겠구나. 한 달 동안 대엿새를 따로 떼어 국토도보순례를 하겠다며 작정하고 시작했건만 여전히 내 마음은 왔다 갔다 한다. 마음속의 목소리와 현실 속의 일들이 요란스 레 우선순위 다툼을 하고 있다.

　내일을 위해 늦기 전에 숙소에 든다. 오늘의 일들을 정리해야지, 머릿속으로 생각하면서도 멍하니 텔레비전을 보다 보니 두세 시간 이 휙 지나가버린다.

　"나는 텔레비전을 통해 부자가 됐지만 텔레비전을 거의 보지 않는다", 토크쇼의 여왕 오프라 윈프리의 말이다. 누군가는 이렇게 재미있는 말을 하기도 했다. "세계를 바꾸겠다는 의지로 인생은 시작된다. 그러나 고작 텔레비전 채널을 바꾸는 것으로 인생은 끝난다."

나 역시 평소 텔레비전을 멀리하는 편이지만, 어쨌든 굉장한 힘을 지녔다는 생각은 자주 한다. 한번 그 앞에 앉으면 냉정하게 맺고 끊을 수 없게 만드는 얄궂은 마력 때문에, 시간 낭비의 주범이 되기도 하는 것이겠지. 그러나 진짜 주범은 텔레비전에 목매는 자기 자신이 아닐까?

싱글의 자유로움을 만끽하며

나는 싱글이다. 결혼을 하지 않았다는 얘기다. 기본에 충실하자며 자신한테나 이웃에게 은근히 가르치려 들고 압박하기도 하면서, 정작 결혼은 왜 매번 내 삶의 우선순위에서 밀려났을까.

그러나 어떻든 이런 나의 삶에 혹 편리한 점이 있다면 그것을 만끽하며 감사하자. 싱글이기 때문에 이렇게 자유로운 순례의 길로 조금은 남들보다 쉽게 나설 수 있었을 것이다.

오래도록 싱글로 살면서 맞선이라는 것도 어지간히 보고, 얄궂은 감정의 기복도 수없이 겪었다. 결혼이라는 문제 앞에서 용단을 내려야 하는 순간이 많이 있었지만 그때마다 안 하는 쪽을 선택했기 때문에 오늘의 이 모습으로 있게 됐을 것이다.

부모님과 같이 살면서 여러 번 독립을 꿈꾸었고 실제로 몇 번 시도도 했었다. 혼자 있게 되면 불편하고 외로워서라도 동반자를 찾게 되지 않을까, 그리고 은밀하고 스릴 넘치는 모종의 일이라도 생기지 않을까, 생각하면서. 그러나 나의 불순한 동기는 이내 들통이 나고, 엄마의 방해로 좌절되곤 했다. 엄마는 내가 독립하겠다는 말만 비치면 "눈 먼 놈이라도 한 놈 만나서 나가라"며 막무가내로 막아섰다.

그리고 정말 엄마 말대로! 눈 먼 놈 하나 만나 독립해 나갈 뻔한 사건이 생겼다. 40대 중반쯤, 지독한 사랑앓이를 하게 된 것이다. 그러나 오랜만에 나를 들뜨게 한 사랑은 상대방의 복잡하고 가슴 아픈 사정 때문에 한 걸음도 앞으로 나아가지 못하고 제자리만 맴돌고 있었다.

더 많이 사랑하는 사람이 약자일 수밖에 없는 법. 결국 그 남자는 "당신은 사랑함의 방법을 모른다"는 시적 표현으로, 어찌하지 못하는 나의 서툰 사랑 행태에 생채기를 내고 떠나가버렸다.

그로부터 수년 뒤, 드디어 독립이란 걸 할 수 있었으나, 아! 때는 이미 늦었으리. 엄마도 더 이상 말릴 힘이 없고, 나도 더 이상 수작을 부릴 호기심이 없게 됐으니, 오호 애재라!

줄잡아 300여 가게가
들어서 있는 대포항.
갓 잡아올린 물고기가
항구를 더욱 활기차게
만들어준다.

'펄떡이는 물고기처럼' 사는 사람들

강원도 해안을 걷다 보니 식당도, 카페도, 모텔도 모두 바다와 연
관된 이름을 갖고 있다. 겨울바다, 바닷가에서, 하늘빛바다, 비치
하우스, 용궁, 해변, 푸른 바다, 갯마을, 항구, 산호, 아침바다, 해
녀, 돌고래, 바닷가 일출…….

지난해 두 번이나 왔던 대포항을 또 지난다. 줄잡아 300여 가게
가 밀집해 명물거리를 만들고 있다. 대포항 사람들의 눈빛은 살아
있다. 다리도, 팔도 팔딱팔딱 뛰는 것 같다. 그들을 보고 있노라면

삶의 외경 같은 게 느껴진다.

내가 사는 동네에 유진상가라는 꽤 큰 과일 상가가 있다. 어느 여름날 저녁, 그곳을 지나다가 수박을 차에서 내리는 한 무리의 청년들을 보았다. 대여섯 명의 청년이 줄을 지어 차례차례 수박을 전달하며 가게에 차곡차곡, 아주 멋지게 쌓아올리는 것이었다. 그들의 굵은 땀방울과 한 덩이의 수박도 소홀함 없이 다루는 잽싼 손놀림을 보며 감동을 받은 적이 있다. 그래, 이 땅에 저들이 있다. 이 늦은 저녁에 내일을 준비하는 저들이.

비록 당신이 어떤 일을 하는가에 있어서는 선택의 여지가 없다 하더라도, 어떤 방법으로 그 일을 할 것인가에 대해서는 항상 선택의 여지가 있다.

스티브 런딘의 《펄떡이는 물고기처럼》에 나오는 말이다.

설악동으로 접어드는 바닷가에 남녀 인어상이 바위 위에 올라앉아 있다. 덴마크의 유명한 인어상은 하나뿐인데, 이곳엔 한 쌍이다. '누가 뭐래도 다르잖아?' 하는 것 같다.

멋진 조각품, 조약돌로 잘 가꾸어진 화합의 광장에서 연인의 길, 사랑의 길을 지나 '인간과 자연이 함께하는 미래 도시' 속초를 뒤

로하고 양양으로 발걸음을 옮긴다. '해오름의 고장 양양', 오를 양
(襄), 해 양(陽)이라고 한다. 그리고 '힘 모아 약진하는 살기 좋은 양
양'이란다.

바다 위를 나는 갈매기도 소리를 지르며 나를 반기는 것 같다. 길
가엔 미역을 널어 말리는 손길들이 분주하다. 제주도도 아닌데, 그
런 일을 하는 사람들이 모두 여자다. 한국 여성의 힘, 아줌마의 힘,
그리고 강원도의 힘.

'전라도식 상차림'이란 식당으로 들어가 보니 지난해 단체로 와
서 들렀던 곳이다. 벽에 낙서가 숨쉴 틈 없이 들어차 있어 재미있게
여겼던 기억이 났다.

"어쩌다가 여기까지 왔나요, 그 먼 곳에서?"

"놀러왔다가 자리 잡았지요."

"전라도식으로 상다리 부러지게 차리는 게 쉽지 않을 텐데요."

"말만 그렇지 재료가 달라서 할 수도 없지요. 백반일 때는 조금
달리 해보지만요."

'전라도식 상차림'이란 게 도대체 뭐기에? 음식, 하면 사람들은
으레 전라도를 꼽는다. 입에서 입으로 전해졌을 뿐 규격이나 법칙
이 있는 건 물론 아닌 것 같다. 다만, 평야가 많아 농산물이 풍부하
고, 날씨가 따뜻해 매콤짭짤한 젓갈류가 발달하고, 인심이 좋아 상
다리 부러지게 차리는 것을 말하는 게 아닐까?

미역을 널어 말리기 위해
손질하는 한 아낙네.

　궁중요리 전문가이던 황혜성 선생은 생전에 여성지에서 김장에
관한 좌담회를 할 때 "반드시 전라도 주부를 포함시키라" 하셨다 한
다. 하긴 요즘엔 지방간의 경계가 무너진 지 오래고, 특히 음식에 관
한 한 어느 지방 할 것 없이 퓨전이 더욱 인기가 있는 판국이니…….

　주인아줌마 역시 혼자 여행 다니는 내가 부럽단다.
　"나도 꼭 한 번 혼자 여행하고 싶은데, 그걸 여태 못 하네요."
　사람들은 누구나 자신이 해보지 않은 것에 대해 막연한 동경을 갖고 있나 보다.

몇 번인가 왔던 낙산사에 다시 들렀다. 울창한 숲이며 까마득히 보이는 바다가 다시금 심호흡을 하게 한다.

운치 있게 세워진 낙산대교를 건너면서, 저 아래로 보이는 얼음 덮인 양양 남대천이 마치 소금밭 같다는 생각을 한다. 예전 같으면 얼음 지치는 아이들이 있어 왁자지껄할 법도 하건만, 지금은 아무도 없다.

얼음이 두껍게 얼던 그 시절에는 가난이 싫었다. 겨울에도 춥지 않게 지낼 수 있게 된 지금, 우리가 정작 그리워하는 것들은 가난하던 시절에 거침없이 먹고 입고 놀던 바로 그런 것들 아닌가!

짐짓 노인인 체하면서도 노인 대접은 서럽다

·

낙산대교를 지나 잘 가꾸어진 해안도로를 걷는다. 언제부턴가 슬슬 가랑비가 내리고 있었나 보다. 모자와 재킷 위로 물방울이 맺힌다. 오늘따라 길 위에선 사람의 그림자조차 보기 어렵다.

오후 4시 15분, 동호해수욕장의 모래사장이 까마득히 긴데, 마을은 보이지 않고 철조망 밖에 조성된 인도에서 한 여인이 조깅을 하며 누군가와 내내 전화통화를 한다. 얼마쯤 갔을까, 인적이 드문 어둑어둑한 곳에서 얘기를 나누고 있는 두 남자를 만났다. 짐짓 노인 티를 내며 묻는다.

"저 위에 높이 쌓아올린 둑은 뭡니까?"

"아, 그거요? 양양 국제비행장이지요. 하루 내내 가야 비행기 한 편 안 뜨는 비행장이지요."

"그러면 곧 폐쇄되나요?"

"그럴 수 없지요. 저것 때문에 강릉과 속초 비행장을 없앴거든요. 얼마 전부터 일부러 국제선 비행기를 이곳에서 띄우긴 했지요."

이야기하는 동안 그들은 나를 이상한 눈으로 훑어본다.

"근데 어디서 와서 어디로 갑니까? 이 늦은 시간에 혼자서요."

"해변 따라 걷고 있습니다."

"아, 아하, 조심하십시오. 건강하십시오."

'건강하십시오'라는 말을 세 번이나 반복한다.

'누굴 노인으로 아나?'

방금 전 노인인 체한 것도 잊고 노인 대접 받는 것만 서운해한다.

오후 5시 20분, 아직 민박할 만한 집은 보이지 않고, 야트막한 곳에 몇몇 집이 옹기종기 모여 있는 동네가 보인다. 마침 길 가는 아줌마가 몇 번이고 나를 쳐다본다.

"이 부근에 민박집 없습니까?"

"근처엔 없지만⋯⋯, 조금만 더 걸으면 하조대가 있는데 거기로 가보세요."

사실 사람들과의 만남 속에서 진한 얘기들이 오갈 수 있을 텐데, 서울에서도 밤낮 누리는 싱글의 편안함을 집 떠난 이곳에서도 여전히 찾고 있다. 습관이란 이리도 무서운 것인가 보다. 하조대에서 아주 깨끗한 숙소에 들어 원없이 몸을 풀었다.

아잇! 만보기가 7494보를 걸었단다. 오전 9시부터 오후 6시까지 걸었으니 4만 보는 족히 되었을 텐데. 허리에 차야 할 만보기를 어느 순간 주머니에 넣었던 모양이다. 아, 이 아까운 기록들!

나도 가끔은 시인이 되고 싶다

　　　　조선의 개국공신인 하륜과 조준이 만년을 유유자적하게 보낸 곳이라 해서 이름 붙여졌다는 하조대.

언제였을까, 내가 이곳을 다녀간 것은. 아마도 대학 시절? 그때 나는 하조대 주변 경관을 보며 '대한민국에서 가장 아름다운 곳'이라고 생각했다.

이른 아침이어서일까, 찬 공기와 여명의 빛깔이 더욱 기억을 확실하게 해준다.

'좋다, 참 좋다, 진짜 좋다.'

시원하고 맑은 아침 공기를 듬뿍 들이마신다. 하조대와 건너편 바다와 바위 아래의 거센 파도, 하얀 포말……. 대학 시절 보았던 그 잔상이 어른거린다. 감수성이 풍부하던 때라 그랬겠지 했으나, 수없이 흉한 더께가 끼었을 지금의 눈으로 보아도 여전히 장관이다. 친구들과 재잘거리며 사진깨나 찍어대던 일들이 주마등처럼 스친다. 아직도 마음은 20대건만 어언 세월이 많이도 흘렀다.

'38휴게소'라 쓰인 작은 가게 앞에서 군밤을 사 먹는다. 제2차 세계대전이 끝나면서 미 · 소 양국이 북위 38도선을 경계로 한반도를 남과 북으로 나누어 점령한 군사분계선. 슬픔과 비극의 대명사 38선.

"이 지점이 38선인가 봐요?"

"옛날에는요. 요즘엔 저 위로 올라갔어요."

군밤 파는 아저씨가 친절하게 일러준다. 그냥 가게의 간판일 뿐인데, 나는 그 위치가 바로 38선인가 해서 물었던 거다.

잔교리해수욕장 조금 지나 '해난어업인위령탑'이 있고, 탑 뒤에는 신봉승 작가의 '바다여, 다시 나가리라'란 꽤 긴 시가 적혀 있다. 강원도 해안도로를 따라 걸으며 작은 공원이나 기념물에 시가 적혀 있는 것을 많이 보았다. 국토순례가 끝나면 나도 한 편의 시를 남길 수 있었으면 좋겠다. 가슴에 겹겹이 쌓여 있으나 알 수 없는 마음을 함축된 언어로 정리할 수 있었으면 좋겠다. 시인이란 말로 표현하기 힘든 것을 절제된 언어로 풀어내는 천재들인 것 같다.

설날이 가까워서인지 마을마다 재미있는 현수막이 걸려 있다. '고향에 오심을 환영합니다', 'OO마을은 변함없이 당신을 환영합니다', 'OOO 옹 손자 OOO 군, 서울대 의예과 합격' 등등.

해안도로를 따라 걷다가 높다란 초소에서 내려다보는 군인을 향해 경례를 올린다. 빙긋 웃는 것 같다. '얌마, 니네들도 경례해야지!' 하며 손짓으로 말했으나 민간인에게는 경례를 하지 않는 모양인지, 끄떡도 하지 않는다.

동해안의 특징 중 하나가 바다를 막아놓은 각종 장벽들이다. 지역에 따라 모양도 천차만별이다. 관광용이라 할 만큼 멋진 철책을 설치해놓은 곳이 있는가 하면 철사로 정교하게 막아놓은 곳, 돌벽을 야트막하게 쌓아올린 곳 등 어디나 대충 얼기설기 막아놓은 곳이란 없다.

나름대로 멋을 낸 철책들을 보며 '대한민국, 참 많이 잘살게 되었구나'라고 생각하다가, 문득 분단의 현실을 보는 것 같아 시린 마음이 되기도 한다.

지도에 나타난 양양군의 스무 개 남짓한 해수욕장을 지나 강릉의 주문진항에 도착, 더 이상 버티기 힘든 무거운 다리를 쉬게 한다. 이럴 때 과일 가게라도 하나 있으면 좋으련만. 어둑어둑해진 주문진항은 시어머니에게 사과 한 알도 내주기 싫어하는 얄미운 며느리처럼 쌀쌀맞다.

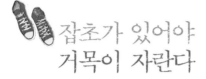

잡초가 있어야
거목이 자란다

설날이다. 강릉 경포대의 한 숙소에 앉아 텔레비전을 본다. 푸짐한 음식, 흩어진 가족과의 만남, 귀성 차량의 극심한 정체……. 저런 것들이 사람 사는 모습이지, 저런 것들이 모여 추억이 되는 거지, 하며 대부분의 사람들이 겪는 것과 반대로 가고 있는 나를 새삼 돌아본다.

'어쩌란 말이냐?'

오늘따라 유난히 깨끗한 이부자리를 깔고 절절 끓는 온돌방에 지친 다리를 누이며 호사를 부려본다. 그나마 다행이라 생각해야겠지.

이른 아침에 다시 찾은 설날의 주문진항은 썰렁했다. 좌판을 벌인 몇몇 집이 간간이 지나가는 손님들을 호기심 어린 눈으로 쳐다본다.

"참 야무지게도 묶었네요."

내 차림을 유심히 보던 한 아낙이 신기하다는 듯 한 마디 한다. 그러고 보니 내 모습이 꽤 엉뚱하다. 질끈 묶은 배낭의 허리띠에는 수첩과 지도를 꽂고, 가슴에 묶은 띠에는 볼펜을 걸고……. 혹여 떨어질까 봐 단단히 묶어 줄레줄레 걸어놓은 모습이 그렇게 보였을 법하다.

마침 많이 지치던 차에 바다가 마주 보이는 카페에 들어갔다. '갈매기 꿈'. 가장 높이 나는 갈매기가 가장 멀리 본다 했던가. 젊은 주인 남녀가 반갑게 맞는다.

"설날인데도 영업을 하는 모양이지요?"

"이렇게 손님들이 오시잖아요?"

아니나 다를까, 한 무리의 남녀가 카페에 들이닥친다. 주인이 흘러간 팝송들을 틀어준다. 앨범 재킷을 보니 '이종환이 추천한 올드 팝송'이다. '테네시 왈츠', '체인징 파트너', '스모크 겟츠 인 유어 아이즈' 등 20여 곡이 들어 있다.

"나야 많이 듣던 곡들인데, 젊은 분들이 어떻게 이런 곡들을 다 알지요?"

"아주 어려서부터 들었던 것들이죠."

노래를 듣다 보니 눈가에 눈물이 어린다. 돌아가고 싶지만 결코 돌아갈 수 없는 어린 시절을 추억하며, 뭔가가 일어날 것을 기대하며……. 아직도 한 번쯤은 사랑을 너끈히 해낼 것 같기도 한데, 세월은 나를 끌고 어디로 가는 걸까?

'갈매기 꿈'에 앉아 《갈대상자》를 읽는다. 김영길 한동대 총장의 부인 김영애 권사가 정리한 한동대 이야기다. 탁월하고 순진한 한 공학도가 어느 날, 자신의 의지와는 상관없이 학생 한 명 없는 신설 대학의 총장을 맡으면서 시작되는 고난의 드라마.

1995년 개교를 한 한동대는 교육부가 선정하는 교육 개혁 최우수 대학교로 뽑혀 특별보조금을 받았다. 그 중 15억원을 체불 중인 교직원 인건비와 공사비로 충당하고 보름 뒤에 원상회복했으나, 그 일로 총장과 부총장이 구속 수감된다. 이들이 구속된 후 나흘째에 맞은 2001년 스승의 날, 한 손에 카네이션을 든 학생들은 29대의 버스에 나눠 타고 학교가 위치한 포항에서 교도소가 있는 경주로 향했다. 그들은 교도소 앞에서 잔잔한 목소리로 '스승의 노래'를 합창하기 시작했다.

"스승의 은혜는 하늘 같아서 우러러볼수록 높아만지네~"

나보다 남을 낮게 여기고, 이웃의 어려움을 보살피며, 대의명분을 위해서는 아무리 어렵더라도 자신을 희생하는 삶을 살겠다고 생각하는 사람은 많지만 그것을 실행에 옮기는 사람은 너무나 적다. 나는 부끄러움과 죄스러움에 목놓아 울었다.

땅에는 잡초가 있어야 된다. 김을 매다 보면 잡초가 유익하다는 것을 알게 되는데, 아무리 무성한 잡초라도 그냥 둬야지 제초제를 뿌려 없애면 안 된다. 처음에는 잡초만 무성하게 자라는 것 같아도 가을이 되면, 그렇게 무성했던 잡초는 다 썩어져 비료가 되고 땅은 비옥하게 된다. 잡초가 무성한 토양에서 자란 나무들이 거목이 되는데, 거목이 된 나무 주변에는 잡초가 생기지 않는다. 나무 그늘 때문에.

아, 정말 놀라운 자연의 이치 아닌가? 너무 안타까워 한참을 울며 격앙된 시간을 보내고 나니 마음이 후련해진다.

허균과 허난설헌의 고향, 강릉

강원도의 해안도로를 따라 걷다 보면 횟집 천국이다. 그런데 나는 이번 순롓길에서 단 한 번도 생선회를 먹지 않았다. 그저 된장찌개, 김치찌개, 비빔밥, 어쩌다 한 번쯤 생선찌개나 먹었으려나. 서울에서 늘 먹던 것들만 골라 먹고 있다. 그 많은 횟집을 그렇게 무심코 지나치기도 쉽지 않을 텐데. 어린 시절을 주로 내륙에서 보내면서 길러진 식성 탓인 듯하다.

경포 도립공원에 들어섰다. 어디서 어디까지를 일컫는지는 모르나 지도에 낯익은 이름들이 눈에 띈다. 허균 시비, 경포대, 경포호, 오죽헌, 선교장, 허난설헌 생가 터, 초당두부마을, 참소리박물관. 강릉 내륙 쪽으로는 대관령, 소금강 등이 눈에 띄고 드라마 〈모래시계〉로 유명한 정동진이 보인다.

경포대 파출소에 들러 지도 한 장을 얻어 들고 이것저것 물어본다.

"선교장엔 꼭 들러세요. 정말 볼 만해요."

오후 4시경인데 벌써 어둑어둑하다. 하루 종일 몹시 흐리더니 지는 해 한 가닥이 경포호 끝자락을 은근히 비춘다.

"오늘은 호수 왼쪽에만 가보세요. 초당두부마을이 있고 그 안에 허난설헌 생가 터가 있습니다."

경찰 아저씨는 자상하고, 뭔가 제대로 안내를 해주려고 애쓰는 것 같아 흡족하다. 그래, 당신 같은 분들이 있어 대한민국은 펄펄

허난설헌 생가 터에 지어진 단아한 한옥(왼쪽)과 고운 자태의 허난설헌 초상화.

살아 있는 거야.

지도가 말해주듯 강릉은 《홍길동전》을 쓴 허균과 그의 여동생 허난설헌을 상징으로 삼은 듯하다. 그래서인지 경포호를 빙 둘러 《홍길동전》을 캐릭터화한 조각들이 펼쳐져 있다. '아버지 홍 판서와 부인 유씨', '길동을 아끼는 이복형 홍인형', '길동의 친어머니 춘섬' 등등. 아주 재미있게 만들어진 작품들을 시간을 한참 들여 꼼꼼히 감상했다.

《홍길동전》의 캐릭터 조각이 끝나는 곳에 두 개의 다리가 있고, 허난설헌교를 지나면 짙은 소나무 숲 너머에 허균과 허난설헌의 생가 터가 있다. 강릉시 초당동 475-3, 강원도 문화재자료 제59호. 이들이 태어난 집터로 알려져 있으나 정확한 배경도, 건립연대도 사실은 미상이란다. 채색되지 않은 옛 모습 그대로의 단아한 한옥들이 사랑마당, 행랑마당, 뒷마당 등 셋으로 나뉘어 각각 담으로 둘러쳐져 있다.

500여 년 전 그 옛날 이 외진 곳에도 시심에 젖은 한 여인의 목마름이 있었나보구나. 허망한 맘으로 너무나 보통 사람일 뿐인 나 자신을 달래본다.

2월 10일 | 강릉 송정 _ 3만 9989보

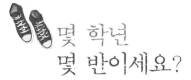

몇 학년 몇 반이세요?

모처럼 날씨가 활짝 개었다. 선교장으로 가면서 강릉 시내의 소나무 숲은 가히 일품이구나, 생각한다. 가는 길에 신사임당 동상이 있어 올라가본다. 신사임당비에는 이은상 선생의 시가 박정희 전 대통령의 글씨로 새겨져 있다.

고운 모습 흰 백합에 비기오리까
맑은 지혜 가을 달에 비기오리까
사임당 그 이름 귀하신 이름
뛰어난 학문 예술 높은 덕을 갖추신 이여
어찌 율곡 선생 어머님만이오리까
역사 위에 길이 사실
겨레의 어머니외다.

선교장으로 이르는 길목엔 초당두부집들이 죽 늘어서 있다.

'강릉에 와서 경포호만 구경하고 초당두부를 안 먹어보면 멋을 알되 맛을 모르는 사람'이라는 말이 있을 만큼 초당두부는 이곳의 명물이다. 소금 대신 바닷물을 간수로 사용해 만드는 것이 일반 두부와 다른 점이다.

조선시대 강릉 부사로 있던 허엽이 관청 앞마당에 있는 샘물로 두부를 만들고 바닷물로 간을 맞춘 것이 최초인데, 이 두부 맛이 소문나면서 허엽은 자신의 호를 붙여 초당두부라 이름을 지었다고 한다. 허엽은《홍길동전》의 저자 허균과 허난설헌 남매의 아버지로 우리에게 잘 알려져 있다.

척박한 강원도 땅에서 바닷바람이 길러낸 튼실한 콩, 천연응고제인 바닷물, 그리고 깊은 숲 속의 우물 맛 3박자가 어울려 빚어진 초당두부. 바닷가 모래층에 파이프를 묻어 40m 아래서 뽑아 올린 맑은 물로 만든 두부가 화학응고제로 만든 것과 어찌 비교될 수 있을까? 자그마치 9시간 걸려 완성된다는 초당두부의 전통은 독특한 자연환경과 고집스런 비법으로 인해 면면히 이어져 오고 있다.

혼자 식사하러 들어가면 으레 사람들한테 한두 마디씩 듣는다.

"혼자 다니세요?", "걸어서 다니세요?", "어디서 어디까지 걷는 건데요?"…….

근데 오늘따라 눈치 없는 한 손님이 "몇 학년 몇 반이세요?" 하며 은근히 묻는다. 그러더니 예의 차린답시고 아주 낮춰 부르다가, 의혹에 찬 시선으로 한 살, 두 살 올린다. 대한민국에만 있는 익살스런 풍경 중 하나다.

'속없는 아줌마, 애초에 묻지나 말지!'

나무색, 흙색 그대로인 선교장

강릉에 와서 소나무 숲 다음으로 놀라는 게 한옥들이다. 심지어 민박집까지 '400년 전통가옥'이란다.

어제 그 경찰 아저씨가 말하지 않았더라도 강릉의 유적지 중 가장 맘에 드는 곳은 단연 선교장이다. 조선 중기에 건축됐다는 99칸의 양반 고택. 집 안 곳곳에 놓인 손때 묻은 가구들이 현실감을 느끼게 해준다.

벌족한 대가족 양반집의 당호인 '열화당'은, 이 집안 후손인 이기웅 사장이 서울에 세운 출판사 이름으로도 잘 알려져 있다. 열화당은 1815년 건립됐으며 선교장 주인남자의 거처였다고 하는데, '일가친척이 이곳에서 정담과 기쁨을 나누자'라는 뜻을 담고 있다고 한다. 조선 말기 러시아풍의 건물 앞 테라스는 러시아공사관에서 선물로 지어준 것이라고.

　오죽헌 일대 역시 울창한 송림으로 둘러싸여 있다. 율곡 선생이 태어난 집. 대나무 빛깔이 까마귀처럼 검은 것을 오죽이라 하는데, 집 주위에 오죽이 많아 그런 이름이 붙었다고 한다. 오죽헌 입구의 표 받는 아저씨가 유별나게 반긴다.
　"아니 그래, 어디서 오셨어요?"
　"서울에선데요."
　"저쪽에서부터 걸어오셨지요? 일본인이 안내판 보고 찾아오나 했지요."
　짐작과 달리 유창한 한국말로 표 사는 걸 보고 한국인이구나, 했나 보다. 일본인 같다는 소리는 생전 처음 듣는다.
　세월의 풍상을 겪으며 쓰러졌다 일어서기를 십 수 번 했을 전각과 글, 그림들. 후손인 우리는 오늘날 그것들을 보며 지구상의 손톱만 한 작은 나라지만 "우리한테는 이렇게 훌륭한 조상들이 있었어" 하

선교장 초입의 넓은 연못과 활래정, 그리고 멀리 보이는 안채.

참소리박물관 내의 음악감상실. 오른쪽은 손성목 관장.

고 감격하며 고마워한다.

200~300년 후, 이 시대의 온갖 풍요와 편리함을 누리고 사는 우리가 남길 수 있는 것은 무엇일까? 그때가 되어도 남아 있을 것은 여전히 선교장이나 오죽헌, 허난설헌 생가 터 등이 아닐까?

칼바람 맞으며 경포호를 가로질러 참소리박물관을 찾는다. 참소리박물관에는 손성목 관장이 45년간 60여 나라를 다니며 모았다는 진기명기 수천 점이 전시되어 있다. 전 세계에 하나나 둘밖에 없다는 진품들도 이곳에 있다. 한 쪽 벽에 걸린 액자 하나가 눈에 띈다.

I would like to live about 300 years. I think I have IDEAS enough to keep me busy that long.

300년을 더 살아도 아이디어가 끊이지 않을 거라는 에디슨은 84세까지 살며 2000여 가지를 발명했는데, 오늘날 우리가 사용하는 대부분의 전기용품은 그때 그의 손을 거친 것들이다.

기기 설명을 듣고 나니 음반과 책이 겹겹이 쌓인 음악감상실로 안내해준다. 플라시도 도밍고의 '그라나다'. 미성에 드라마틱하기까지 한 도밍고의 노래도 노래려니와 지휘자 주빈 메타의 지휘봉이 더 열정적으로 흐느낀다. 거기다 그 만족스럽고 열띤 표정이라니. 솔로이스트와 지휘자가 저 정도의 호흡이면 청중의 감동이야 말해 무엇하리!!

이어 나온 노래는 최근 최고의 인기를 구가하는 팝페라 가수 안드레아 보첼리와 사라 브라이트만이 함께 부른 '타임 투 세이 굿바이'다. 12세에 시력을 잃은 보첼리와 따스한 손길로 그를 이끄는 사라, 둘의 호흡은 역시 초절정의 진수 그 자체다. 좋은 음악을 들을 때마다 가슴에 감동이 고이고 아, 항상 이렇게만 살 수 있다면 얼마나 좋을까, 하며 애끊는 마음이 된다.

오늘은 하루 종일 바다를 보지 못했다.

정동진에 가면
아직도 가슴이 뛴다

강릉의 송정에서 정동진을 향해 가는 길. 날씨가 쌩하니 춥고, 비행기의 굉음이 유난히 자주 들린다. 한참 걷다 보니 공군 제18전투비행단 간판이 보인다. 두 시간 가까이 걸은 그 길의 해변 쪽에 비행단이 있었던 거다.

한가한 안인해수욕장이 멀리 보이는 카페에 앉아 《토지》를 읽었다. 날씨 탓인지 따끈한 옥수수차가 제격이다. 큰 컵으로 두 잔을 연거푸 청해 마셨다. 휴가철도 아니고 번다한 곳도 아니건만 사람들이 사뭇 들고 난다. 이런 곳에 카페 하나 지어놓고 책 읽고, 음악 듣고, 글 쓰고, 가끔 멀리 여행 가고, 그리고 사랑하는 이웃들과 함께한다면 능히 안빈낙도하는 삶이 되지 않을까?

안인에서 정동진에 이르는 길은 절경이다. 마치 잘 알면서도 굳이 찾아가고 있다는 착각이 들 정도다. 가슴이 저미듯 아프고 슬프

정동진역에서 바라본 동해 바다.

다가 어느 순간 인연의 끈, 염려의 끈, 집착의 끈들이 탁 풀려나는 순간을 맞기도 한다. 이대로라면 좋겠는데, 더도 말고 덜도 말고 딱 이대로라면.

드디어 정동진에 도착했다. 해수욕장, 모래시계, 참소리박물관 분점, 영화상영소 등의 입간판들이 길손을 반긴다.

10여 년쯤 전인가, 한때 직장인들의 '귀가시계'이기도 했던 〈모래시계〉란 텔레비전 드라마가 있었다. 그 드라마의 가장 로맨틱한 장면이 정동진에서 촬영된 것을 계기로 유명세를 타기 시작하면서 '모래시계'가 상징물로 세워지기까지 하였다. 저녁 늦도록 카페에 앉아, 지는 해와 시커먼 밤 바다를 바라보았다.

삶의 숲에서 만나는 무수한 터널들

세계에서 해변과 가장 가깝다는 기차역인 정동진역, 새벽부터 역사는 발 디딜 틈이 없다. 500원씩 하는 입장권이 불티나게 팔린다. 모래사장과 바위 위는 이미 사람들로 까맣다.

7시 7분발 청량리행 기차는 강릉이 그 출발지다. 여름이면 그 시간에 뜨는 해를 능히 볼 수 있겠으나, 지금은 겨울이라 수평선이 검붉은 빛을 띠는 것을 보며 아쉽게도 기차는 떠난다. 옥계를 지나며 먹구름을 뚫고 솟아오르려는 해의 몸부림을 본다.

이레 동안 바다와 친구했으나 이제는 기차에 앉아 굽이굽이 도는 산과 굴을 지난다. 산 아래 점점이 보이는 마을이 사뭇 한가롭다. 강릉에서 청량리역까지는 74개의 역과 120개 정도의 굴이 있다고 한다. 굴 속으로 들어가고 굴 속에서 나오며 인생이라는 길 위에서 만난 무수한 굴들을 생각한다. 그 굴은 험한 산길을 뚫고 가는 지름길

이었을까, 아니면 어둡고 캄캄한 길을 피해갈 수 없는 고비였을까?

남한강을 끼고 서울로 올라가는 길은 동해안과는 또 다른 운치와 굴곡이 있어 가슴 저리게 아름답다.

아름다운 바다, 강원도의 힘

새삼 나의 이런 행보가 무슨 의미를 갖는가, 또 생각한다.
온갖 잡동사니들, 어리석은 집착들을 털어내기 위해서?
걷고 또 걸어 "나, 뭐 하나 해냈어" 말하기 위해서?
여기서 주저앉고 싶은 생각은 추호도 없지만,
가끔은 나의 행보에 대해 스스로 머리가 복잡해질 때가 있다.

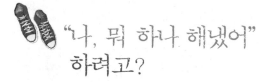

"나, 뭐 하나 해냈어" 하려고?

세 번째 국토순롓길. 지난번 기차로 떠난 정동진을 이번엔 고속버스로 강릉까지 가서 그곳에서 택시를 타고 들어온다. 떠난 곳에서 다시 시작하고 싶은 마음에서다. 저녁 6시 30분, 어둑어둑하다.

새삼 나의 이런 행보가 무슨 의미를 갖는가, 또 생각한다. 온갖 잡동사니들, 어리석은 집착들을 털어내기 위해서? 걷고 또 걸어 "나, 뭐 하나 해냈어" 말하기 위해서?

여기서 주저앉고 싶은 생각은 추호도 없지만, 가끔은 나의 행보에 대해 스스로 머리가 복잡해질 때가 있다. 그러다가 다시 무심히 걷자고, 그냥 이렇게 걷는다고 해서 뭐 나쁠 것 있냐며 마음을 고쳐 먹는다.

정동진이란 지명은 '한양의 광화문에서 정동쪽에 있는 나루터 부

정동진에 세워진 모래시계.
삼성전자가 강릉시에
기증한 조형물이다.

락'이라는 뜻을 담고 있다. 이름이 갖는 의미에다, 드라마로 인해
더욱 유명해져 이젠 마을 전체가 색동저고리를 입었다.

바닷가 모래사장 가까이에 세워져 있는 모래시계는 지름 8.06m,
두께 3.20m, 무게 40톤, 모래 무게 8톤으로 세계 최대 크기를 자
랑한다. 이 시계 속에 있는 모래가 모두 아래로 떨어지는 데 걸리는
시간은 꼭 1년이다. 매년 1월 1일 0시에 새롭게 위 아래를 바꿔 돌
린다고 한다.

위쪽의 모래는 미래의 시간, 아래쪽의 모래는 과거의 시간, 흘러
내리는 모래는 시간의 흐름을 의미한다고 적혀 있다. 그리고 황금
빛 둥근 모양은 동해의 떠오르는 태양을, 유리의 푸른빛은 동해 바
다를 상징해 만든 것이라고 한다.

내일 아침 밝을 때 다시 한 번 둘러보기로 하고 발걸음을 돌린다.

해변과 들녘에서 들리는
봄의 왈츠

정동진에서의 해돋이를 보기 위해 서둘러 숙소를 나왔으나 해는 이미 바다 끝에 살포시 올라앉아 있다. 아침 6시 50분.

아침에 숙소를 나오면서, 오늘 하루는 걷는 내내 풍부한 상상력과 깨달음을 얻는 시간이 되었으면 좋겠다고 기원했다. 19세기 영국의 소설가 찰스 디킨스가 그러했던 것처럼.

젊은 시절 이미 많은 작품을 써서 유명해진 디킨스는 어느 순간 심한 좌절을 겪고 방황한다. 유명세에 걸맞은 작품을 써야 한다는 강박관념 때문이었을 것이다.

매일 밤거리를 목표 없이 방황하던 그는 어린아이들이 빵집이나 직물공장 등에서 일하는 모습을 보며 충격을 받는다. 당시 번창하던 영국 대도시의 이면에는 처절한 빈곤과 비인도적인 아동 노동력 착취가 횡행하고 있었다.

그는 이런 모습들을 보며 문득 어린 시절 자신의 모습을 떠올린다. 그 역시 몹시 가난하여 12세부터 공장에 다니며 일을 했다. 그리고 아무런 대가나 명성을 바라지 않고 순수하게 글을 썼던 시절을 기억해낸다.

그 후부터 그의 밤길 방황은 더 이상 돈이나 명예에 쫓기지 않는, 모험으로 가득 차고 상상력이 폭발하는 경험으로 바뀐다. 그리고 가난하지만 따뜻한 마음을 잃지 않고 살아가는 사람들의 모습을 묘사한 소설을 쓴다. 바로 《크리스마스 캐럴》이다. 그는 변질된 자신의 모습을 구두쇠 스크루지에 빗대었을 것이다.

방황해보지 않은 사람은 아무도 없다. 그러나 그 방황을 어떻게 소화하는가는 사람에 따라 천차만별이다. 같은 물을 마셔도 젖소가 마시면 우유를, 독사가 마시면 독을 낸다. 같은 햇볕을 받아도 진흙은 굳고 얼음은 녹는다. 돈이나 명예보다 더 중요한 것을 얻기 위한 창조적 방황이라면……

모든 핑계는 자신에게 있다

모래시계를 한 번 더 돌아본 후 심곡리를 향해 간다. 해안도로

가 마침 바다와 바짝 붙어 파도가 칠 때마다 바닷물이 길 위까지 덮친다. 오늘따라 파도치는 물 속에 서서 바위를 훑어 뭔가를 걷어올리는 아낙네들이 눈에 많이 띈다. 길 위에서 물 쪽을 바라보며 묻는다.

"아줌마, 뭘 따는 거예요?"

"그건 왜 물어요?"

"그냥 궁금해서요."

심사가 편치 않은지 일손만 부지런히 놀릴 뿐 끝내 가르쳐주지 않는다. 한가롭게 길을 걸으며 별걸 다 묻는다고 생각해서일까, 아니면 조금도 소홀히 할 수 없는 생존의 문제이기 때문일까?

길 가는 사람이 대신 답한다.

"파래를 따는 거랍니다."

바위에서 슥슥 긁어내거나 바위 틈에 손을 넣어 뜯어낸 것을 소쿠리에 담는다. 해변의 자갈들이 파도에 밀려왔다가 쓸려 나가면서 돌돌돌돌 내는 소리가 정겹다. 지난주에 폭설이 내렸다고 하더니, 밭에서도 찌지직 얼음 깨지는 소리가 들린다. 그냥 스르르 녹는 게 아니고 얼어 있던 게 어느 한계점에 이르면 그렇게 부서지는 듯하다. 그야말로 봄의 왈츠가 해변과 들녘에서 동시에 터져 나온다.

이른 아침부터 출발한 터라 몹시 힘이 빠지고 배가 고픈데 두 시간 남짓 걸은 후에야 옥계면 길가의 가건물에 들어가 라면에 공기

밥으로 아침을 때운다.

"아니, 이렇게 예쁜 아줌마가 왜 혼자 걸어요?"

밥집 아줌마의 너스레다. 히히, 기분 좋다.

"나도 서울에 있을 때 북한산, 관악산, 도봉산 많이 갔어요. 혼자 여행 좀 해보고 싶은데 핑계가 많아요."

"살다 보면 많은 핑곗거리가 생기지요."

"사실은 모든 핑계가 자신에게 있지요. 괜히 두렵기도 해서 선뜻 못 나서요."

속을 다 털어 내는 깨달음이라도?

좀 전에 펼쳐지던 절경의 끝자락에 있는 거대한 공장지대가 눈에 들어왔다. 꼬불탕꼬불탕 걸어 그곳 가까이 도착했을 때 두 시간이 걸렸음을 알았다. 한라시멘트.

옥계면은 원래 동해시에 속했으나 강릉이 세수를 늘리기 위해 강릉 쪽에 병합시킨 것이라고, 어제 길에서 만난 아저씨가 귀띔해주었다. 아닌 게 아니라 이런 규모의 시멘트 공장 하나면 세수 면에서는 엄청나겠다.

"근데 또 동해시로 옮겨야 된다고 야단이래요. 이곳에서는 모든 것이 동해가 더 가깝거든요. 싸우고 난리랍니다."

아침 식사를 했던 식당 아저씨의 말이다.

사람들의 이기심을 아는지 모르는지 해변은 기가 막히게 아름답다. 망상의 널따란 오토캠핑장과 해수욕장을 지나 카페 '피아노'에 앉아 12시부터 2시 사이의 땡볕을 피해 독서를 한다. 《토지 9》.

그 긴긴 이야기가 어디서 나왔을까. 무한한 상상력, 한 가지 일에 몰두하는 의지와 집중력, 잡다한 것을 버리고 편하고 쉬운 것을 마다하는 용기, 무엇보다 방대한 자료의 섭렵, 그런 것들이 아니고서야 이 긴 이야기가 이토록 사람을 몰입시키기는 어려울 것이다. 헉! 숨이 차고, 문득 또 다시 가슴을 쓸어내린다.

'현재의 네 모습도 네게는 넘쳐', '혀는 짧은데 침은 멀리 뱉고 싶으냐?', '뱁새가 황새를 따라가려면 가랑이가 찢어지느니라' ……. 엄마의 속담 시리즈들이다.

'아는 것이 병이요, 모르는 것이 약이다', '암탉이 울면 집안이 망한다', '구관이 명관', '모로 가도 서울만 가면 된다', '오르지 못할 나무는 쳐다보지도 마라', '가만히 있으면 중간은 간다' 등등. 조심스럽고 지혜롭게 살기를 깨우쳐주는 우리나라의 속담들이다. 그런데 깊이 들여다보면 사람 발목 잡기 딱 좋은 말들이다. 이제는 그런 속담들에 속지 말아야 한다.

코발트 빛 푸른 바다가
이국적인 어달리해수욕장.

　　작은 어달리. 그곳에 기이한 바위가 있어 사람들은 까막바윗골이
라고도 불렀다. 그리고 '서울 남대문의 정동방은 이곳 까막바위입
니다'라는 팻말을 붙여놓았다. 정동진의 활갯짓에 은근히 화가 났
을 법한 까막바위의 '소리 없는 아우성'.

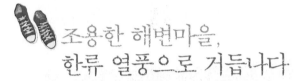

조용한 해변마을,
한류 열풍으로 거듭나다

　　　　　　　새벽녘 질리언의 전화 벨 소리에 잠을 깼다.
주 3회, 10분씩 하는 전화 영어회화. 한국을 휩쓸고 있는 영어 열풍
덕분에 뉴질랜드에 사는 질리언에게 파트타임 잡이 생긴 것이다.

　여섯 달째 접어들었지만 여전히 제대로 된 문장이란 머릿속에서
맴돌 뿐이다. 혀끝에서 맴돌아야 하는데. 적당히 문장 만들어 툭툭
던지면 그런 대로 알아들어주는 식의 대화로 과연 내 영어가 비약
적인 진전을 보게 될 날이 올까?

　한국인이라면 누구나 영어로 몸살을 앓는다. 내 경우도 예외는
아니다. 특히 외국에라도 나갔다 들어올 때면 영어 실력 때문에 속
이 상하기도 한다. 한국리더십센터에 합류한 후, 일과 관련하여 미
국에 2년 연속 다녀오면서 영어에 대한 갈증이 한층 더 심해졌다.

　지난해 롱비치에 다녀온 후 한국리더십센터 직원의 소개로 알게

된 것이 1:1 전화 영어회화다. 짧은 시간이라도 꾸준히 하다 보면 실력이 늘겠지, 하는 생각으로 시작했다.

사실 일상대화에서 그렇게 어려운 단어나 복잡한 숙어를 쓸 일도 없다. 자신감을 갖고 말문을 트는 게 중요하다. '영어'를 말하려 하지 말고 '대화'를 하자. 사실 나는 대화가 얼마나 풍부하며, 상식 또한 얼마나 많은가! 오 마이 갓!

남한산성의 정동방 추암해수욕장

유난히 시설 좋고 깨끗한 호텔을 꼭두새벽부터 내치고 나오기가 아쉬워 오전 11시가 다 되어서야 출발한다. 해변을 따라 계속 시멘트 공장과 북평공단이 이어진다. 3월인데도 인도에 눈이 수북이 쌓여 있어 그 위로 사각사각 발자국 소리를 내며 걷는다.

'추암해수욕장 4km'라는 지점에서 한적한 길로 접어들었다. 가는 길이 내내 버려진 밭이나 공터, 파다 만 흙더미다. 그래도 명색이 관광지인데 왜 이리 차도 사람도 보이지 않고 길도 닦이지 않았을까, 이런 생각을 하며 걷는데 한국리더십센터 남관희 교수한테 전화가 걸려왔다.

"어디쯤 걷고 있어요?"

"동해 끝자락 추암해수욕장이 3km 남은 지점이지요."

"야, 멋있다."

"생각보다 아주 재미있고 좋네요."

"밥은 잘 먹고 다녀요?"

"물론이지요. 근데 다리가 몹시 아파서 좀 빨리 걷고 싶은데 뜻대로 안 되네요."

"그렇게 천천히, 구경할 거 다 봐가면서 걷는 게 좋을 것 같아요."

"별수없이 천천히 걷고 있어요."

"몸 조심하시고요."

가끔씩 이렇게 주변 사람들로부터 걸려오는 전화로 큰 격려와 위로를 받는다. 추암해수욕장 들어가는 길목에 인포메이션센터가 있다.

"지도 한 장 얻을 수 있을까요?"

"네. 근데 혼자 여행하세요? 어머 어머, 멋있다."

도대체 이번 순례 기간 동안 나는 멋있단 말을 몇 번이나 더 들어야 될까?

"해수욕장 해변 따라 삼척으로 가는 길이 있나요?"

"아니, 없어요. 삼척 가시려면 오던 길로 다시 나가셔야 돼요."

아하! 막힌 길이라 그렇게 인적이나 차량이 없었구나.

"여기가……, 아시죠? 〈겨울연가〉 촬영지였던 거. 보기엔 평범해 보이지만 카메라 들이대보면 여기처럼 아름다운 곳도 많지 않다는

일본 내 한류 붐을 일으킨 드라마 〈겨울연가〉 촬영지들은 욘사마의 흔적을 찾고 싶어 하는 일본 여성들의 필수 관광 코스가 되었다. 사진은 준상이가 다녔던 고등학교(위)와 남녀 주인공이 처음이자 마지막으로 여행을 왔던 동해 추암해수욕장(아래 가운데), 그리고 춘천의 준상이네 집(아래 오른쪽).

군요. 하루에도 보통 수십 명, 많게는 수백 명씩 오지요. 특히 일본인 관광객은 반드시 들르고요. 지금 삼척에 가시면 팰리스호텔에 배용준씨가 묵고 있대요. 영화 〈외출〉 찍느라고 손예진씨도 함께 와 있는데, 배용준씨는 옆방에 운동기구들을 모두 옮겨놓았다고 하네요."

이쯤 되면 배용준은 단순한 연예인이 아닌, 한국의 특급 관광상품이다. 팰리스호텔과 촬영 장소 등으로 배용준을 따라다니면서 먼발치로라도 보는 것이 일본인 관광객들의 주요 일정이다.

"그 영화 찍고 나면 삼척이 뜨겠네요?"

추암해수욕장으로 가다 보니 아닌 게 아니라 곳곳에 일본어로 'KBS 드라마 〈겨울 소나타〉 로케지'라고 쓰여 있다. 모래사장, 오징어가 널린 길가, 어촌 어느 집 툇마루 등 곳곳에 드라마 사진들이 전시돼 있다.

계단을 따라 올라가 본 촛대바위 주변이 절경이다. 이런 장소를 찾아내는 사람들의 안목에 감탄할 뿐이다.

'남한산성의 정동방은 이곳 추암해수욕장입니다. 북위 37도 28분.'

광화문의 정동방, 남대문의 정동방에 이어 이번에는 남한산성의 정동방이다.

관광안내소 안내원이 일러준 대로 샛길 따라 15분쯤 걸었을까, 국도가 나타났다. 1시간 넘게 걸어서 동해 쪽으로 오던 길을 다시

가기가 끔찍하다 생각했는데, 지름길로 삼척 쪽에 와 있다.

오후 3시, 삼척시 교동이라 쓰인 팻말이 보인다. 그 앞에는 종유석 모양의 큰 아치가 4차선 도로 위에 세워졌고, 아치에는 '200만 동굴 관광 삼척시대 개막'이라 쓰여 있다. 삼척해수욕장 근처의 '마린클럽' 카페에 들어가 무거운 다리를 쉬며 1시간여 독서삼매경에 빠진다.

삼척의 '새천년도로'는 바다를 낀 절벽길이 으레 그렇듯 숨이 멎을 만큼 절경이다. 그제 정동진 쪽에서 길을 묻는 내게 그분이 이런 이야기를 덧붙여주었다.

"삼척으로 들어서서, 동굴을 설명하는 아치가 끝나면 무조건 왼쪽으로 가세요. 얼마 안 가 기막힌 곳이 나올 테니까요."

까마득한 절벽, 바위 위 소나무, 부서지는 파도, 구불구불한 해안도로……. 말이나 글의 한계를 절감하는 아름다움이다. 그러다가 다시금 지나온 길을 뒤돌아 봤을 때의 그 아스라함, 그 혹독함…….

혼자 이 길을 걷는다. 황혼이 다가오고, 차도 사람도 뜸하다. 눈부신 자연만이 도도하게 내 가슴에 안겨온다.

3월 15일 해거름 참, 비릿한 바다 냄새가 이곳이 항구임을 일깨워준다. 죽서루를 찾느라 1시간여 다리품깨나 팔다가 죽서루 가까운 곳의 민박집에 찾아들었다. 어제에 비해 너무나 후진 숙소, 하지만 한 발짝도 더 옮기기 힘든 내겐 이것도 감지덕지다.

다윗이 골리앗을 이기는 힘

죽서루는 삼척을 남북으로 길게 흐르는 오십천 절벽 위에 높게 올라앉은 누각이다. 누각 뒤쪽에서 저 아래로 흐르는 오십천의 시퍼런 물결을 내려다본다. 보물 제213호 죽서루는 관동 8경의 제1루다.

주위가 온통 대나무 밭이어서 붙여진 이름인 줄 알았는데, 알고 보니 죽장사라는 절이 있었기 때문에 혹은 죽죽선녀라는 명기의 집이 누각 동쪽에 있었기 때문이라는 기록이 전해진다.

누각은 평범한 듯하나 운치가 있고 오십천을 비롯한 주변 경관이 뛰어나 한층 도드라져 보인다. 가까운 곳에 동굴엑스포타운, 삼척 문화예술회관, 시립박물관 등이 있어 삼척이 동굴의 도시임을 다시 한 번 일깨워준다.

죽서루를 나오자 안내원이 "어디서 왔느냐?", "혼자서 왔느냐?"

며 또 관심을 갖는다. 그리곤 먼 길까지 따라오며 동굴엑스포타운 쪽으로 가는 길을 안내한다.

동굴신비관에서의 아이맥스 영화는 가히 걸작이다. 굴의 규모나 신비함이 이미 널리 알려진 환선굴 외에 관음굴이라는 미공개 굴에 관한 이야기도 나온다. 훼손될까 봐 당분간 일반인에게 공개할 계획이 없으며 연구원들만 가끔 들어가 본단다.

깎아지른 절벽, 동굴 속 그 신비

삼척의 현대적 명물은 뭐니 뭐니 해도 동양시멘트인 것 같다. 오십천 양쪽에 있는 공장의 위용도 볼 만하려니와 거대한 두 개의 송수관이 오십천을 가로질러 양쪽을 잇는 모습 또한 장관이다. 시멘트 송수관인지, 사람이 다니는 통로인지…….

삼척의 바다는 대개 깎아지른 절벽 위에서 보게 된다. 길이 똑바르지 않고 구불구불, 오르락내리락하여 다리품이 두 배는 더 든다.

한참을 더 걸어 밭 가운데 있는 카페 '루'에 들어가 점심을 먹고 두 시간쯤 정오의 햇살을 피한다. 주인은 건축학을 전공하고 한동안 서울에서 직장 생활을 했다 한다. 그러나 늘 두통에 시달려 주말만 되면 어머니가 홀로 땅을 지키던 이곳으로 달려와 쉬곤 했는데,

결국 이곳에 멋진 건물을 짓고 1층엔 살림집을 들였다. 누각처럼 지은 집이라 카페 이름도 그렇게 지었단다. 운치 있고 아름다운 카페다.

카페의 여기저기에 책이 놓여 있는데 그 중 레슬리 여키스와 찰스 데커가 함께 쓴 《잭 아저씨네 작은 커피집》이 눈에 띄었다. 유난히 기업형 커피 체인점이 많은 스타벅스의 본고장 시애틀에서 구멍가게나 다름없는 '엘 에스프레소'가 당당히 맞서 이긴 이야기다. 다윗과 골리앗의 싸움을 연상시킨다.

반 평 남짓한 이 가게가 성공한 이유는 간단하다. 바로 철저하게 기본을 지켰기 때문이다. 열정을 가진 직원을 채용하고 그에게 권한을 주어 고객에게 최선의 서비스를 다하도록 한다. 그런 직원들의 열정이 손님들에게도 전달되고 손님들은 그 가게의 충실한 단골이 된다.

공동묘지를 지나 도착한 민박집

오후에 길을 잘못 들어 덕산 어촌계까지 들어갔다가 길이 끊긴 것을 그곳에 가서야 알았다. 어쩐지 너무나 한적하고, 가는 길 내내 공동묘지만 있더라니. 날이 몹시 저물었는데, 산 속으로 십 리쯤 가다가 하나씩 만나는 마을에 도무지 숙박시설이란 없어 보인다. 멀리서 개 짖는 소리만 들린다. 어두컴컴한 데서 만난 아주머니 한 분께 혹시 부근에 마땅한 숙소가 없는지 여쭤봤다.

"있어요. 가게 안에 민박집이 있어요."

여름내 묵혀놨다며 난색을 표하던 주인아주머니가 서둘러 방을 청소하고 보일러를 틀어준다. 간단히 샤워를 끝내고 오들오들 떨고 있는데 주인아주머니가 따끈한 모과차를 한 잔 가져다준다.

"아주머니, 마신 거나 다름없어요. 양치를 했거든요. 고맙습니다."

"어머, 그래요? 추울 것 같아서 가져왔는데……."

아쉬운 표정으로 모과차를 들고 나가는 뒷모습을 보고서야 나는 아차! 싶었다. 양치질이야 또 하면 되지. 아, 이 눈치 없는 행동이라니. 생각할수록 미안해진다.

삼척시 근덕면 동막리 한적한 마을의 한 골방에서 오래 묵혀둔 방이 더워지기까지 한참을 떨어야 했다.

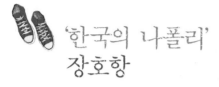

'한국의 나폴리'
장호항

어제 낮에 과다하게 마신 커피 탓인지 밤새
뒤척이다 아침을 맞았다. 웬만한 민박집도 방 안엔 냉장고, 에어
컨, TV, 샤워시설이 있건만 외딴마을의 그 집은 그야말로 오리지
널 민박집이었다. 아침에 떠날 준비를 하고 나오자, 어제 저녁에 방
값으로 3만원을 요구하던 아줌마가 반갑게 인사하며, "손님, 아침
드시고 가세요" 한다.

"아줌마, 이보다 훨씬 좋은 방이 2만원이에요" 했더니, "기름값
이 워낙 비싸서"라며 2만원만 받던 아줌마다. 문득 또 미안한 맘이
든다.

밥상은 깨끗하고 먹음직했다. 김, 우거짓국, 생선조림, 김치, 그
리고 나물들.

"아침에 나오며 보니 집이 정말 넓더군요."

"뒤쪽에 방이 7개나 돼요. 여름엔 꽉꽉 찬답니다."

"마당에 큰 승용차가 있네요."

"우리 아저씨가 타지요. 다리가 아파서 자동차 없으면 다니기 힘들어요. 애들이 돈 모아 사준 거랍니다."

그 부부에겐 6남매가 있고 모두들 공부도 많이 해서 미국에 하나 있고, 나머진 서울에 산단다.

"우리 아저씨가 군대에서 엉덩이뼈를 다쳤는데 제대하고 나서 도지기 시작했어요. 서울에 있는 병원이란 병원엔 다 다녔는데도 낫질 않아요. 가족이란 게 뭐겠어요? 어려울 때 서로 보살피고 도와야지."

200평짜리 집과 제법 널따란 슈퍼마켓, 그리고 1000여 평에 달하는 논까지 가진 주인아주머니는 병든 남편 수발하며 6남매 모두 교육시킨 대단한 분이다. 4차선 도로공사 때문에 건설회사 직원들이 장기간 머물 때도 한가족처럼 음식을 해 먹이곤 했단다.

아침부터 두둑하게 먹고 출발하기란 흔치 않은 일이다. 그런데 이렇게 먹은 게 무슨 준비라도 한 것마냥 오늘의 길은 몹시 험난하다.

'무슨 산이 이렇게 가을 산 같은 색깔일까?'

어두운 노랑, 어두운 자주, 그리고 초록……. 조금씩 비가 내리는 가운데 우산 쓰고 걷는 길이 한층 낭만적이다. 황영조기념관으로 이르는 길은 양쪽에 소나무를 고르게 심어 아치를 이룬다.

황영조는 1970년 3월 22일 삼척시 근덕면 호곡리 16번지에서 태어났다. 지금은 그 집을 개축하여 황영조 부모님이 살지만, 그분들도 주로 서울에 가 계신다고 한다. 1936년 손기정 선수가 일장기 달고 뛴 한을 56년 만에 푼 황영조. 1992년 스페인 바르셀로나 몬주익, '예수의 언덕'이란 뜻의 그곳에서 일본인 모리시타와 앞서거니 뒤서거니 하다가 이루어낸 쾌거였다. 그때 온 나라가 어지간히 흥분했었다.

비에 젖은 몸으로 기념관 안으로 들어갔는데, 다행히 난롯불이 활활 타고 있어 이내 따뜻해진다. 서툰 한국어를 쓰는 넉넉해 보이는 안내원, 알고 보니 일본인이었다.

"삼척에 사는 일본인이 다 모여 수시로 이곳을 찾는 일본인 관광객을 안내하고 있어요."

"일본에서 여기까지 왔어요?"

"한국 남자하고 결혼해서 여기 살고 있어요."

"혹시 아줌마도 배용준 팬인가요?"

"전 별로……."

당연한 말이지만 일본 여성이라고 해서 모두 배용준을 좋아하지는 않는다. 배용준 씨, 미안~.

어제 길을 잘못 들어 어촌계를 헤매고 있을 때 한국리더십센터의 김호 교수가 한 전화가 문득 생각난다.

"용화리 언덕 지날 때 그곳에서 꼭 감자떡이나 어묵을 사 드세요. 용화리 언덕에서 내려다본 바다 경관은 쥑입니다. 쥑여!"

경상도 남자답지 않게 다정다감한 그는 전화를 건 후 문자 메시지를 연이어 4개나 보냈다.

① 내일 용화리를 지나시겠네요. 용화리 지나기 전에 언덕에서 해변을 보세요. 절경……. 컵라면도.

② MP3 가져갔으면 파도 소리도 담아오시는 건데. 낼 날씨 흐리고 한때 비/눈 후 오후 갬.

③ 용화리 지나 신남리 해신당도 꼭 들러보세요. 신남해수욕장 좌측 끝에 있어요. 성민속박물관~.

④ 1/5도(최저/최고), 70/40(강수확률) // 18일 금 맑음, 7/11(최저/최고). 힘!

가끔은 이런 호사도 필요해

삼척을 해변 따라 걷는 일은 몹시 힘들고 어려웠다. 마지막 1시

내 눈에는 나폴리보다 훨씬 아름다워보이는 장호항.

간 정도를 남겨두고 결국 버스를 타고 말았다. 도시는 큰데 인구는 적고, 마을들은 십 리 가다 하나씩 큰길에서 멀리 떨어져 있어 도무지 쉴 만한 곳이 없다. 가도 가도 산이요, 언덕이다. 바다는 저 멀리 나타났다 보였다 할 뿐, 동해안에 그 많던 카페 하나 눈에 띄지 않는다.

장호항을 지나며 '한국의 나폴리'란 팻말을 본다. 내가 보기엔 나폴리보다 훨씬 더 아름답다. 깎아지른 절벽과 울창한 송림, 그 사이로 저 멀리 보이는 망망대해⋯⋯. 이런 게 나폴리에 어디 있어?

어제 김호 교수가 말한 신남해수욕장에 일삼아 들렀다. 모래사장 끝 높은 곳에 있는 해신당공원에는 나무와 돌을 깎아 만든 64점의 거대한 남근이 전시되어 있다고 하나 그런 관심 끊은 지 이미 오래! 다리가 너무 아프기도 해서 그냥 잠시 외곽만 올려다보았다. 조성 당시에는 말도 많고 탈도 많았다지만 지금은 지역 명물로 자리 잡았다고 한다. 아니나 다를까, 관광버스가 여러 대 와서 해변에 사람을 쏟아놓는다.

도저히 견딜 수 없는 다리를 질질 끌고 호산해수욕장 부근의 멋진 호텔로 들어갔다. 국토순례를 하면서 가장 비싼 숙박비를 지불했다.

"혼잔데 좀 싸게 안 돼요?"

"혼자라고 깎아드릴 수는 없어요."

"다리가 너무 아파서 그렇지, 나 호텔에 들 형편이 못 되거든요."

"허 참, 그거야 아주머니 사정이지요."

그러나 일부러 불쌍한 표정을 지은 내 의도가 먹힌 것일까, 결국 조금 할인받고 꽤 럭셔리한 방으로 들어갔다.

호텔의 6층 라운지로 올라가 값비싼 한정식으로 한 상 차려놓고 저녁을 먹으며 황혼의 바다를 내려다본다. 아끼는 것만이 능사냐?

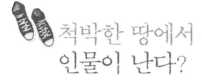

척박한 땅에서
인물이 난다?

삼척시 호산리는 경상북도로 이어지는 경계 지역. 1시간쯤 걸어 강원도와 경상북도 경계를 통과했다. '강원도를 만나면 당신도 자연입니다', '다시 찾아주십시오. 삼척시'라는 팻말을 뒤로한다. 오늘 드디어 강원도를 끝낸 기쁨에 젖는다.

경상북도의 꽃은 백일홍인 것 같다. '도화동산'이란 곳이 백일홍으로 뒤덮여 있다. 그리고 주변은 온통 산이다. 그것도 아주 험해 보인다. 이 같은 산세로 인해 자연과의 한판 싸움을 늘 준비해야 하고, 그런 어려움을 극복해가는 게 몸에 익어 이곳에서 걸출한 인물이 많이 나는 것 같다. 한국 최근세사에서만도 박정희, 전두환, 노태우 등 세 대통령을 배출하였다.

불티나게 팔리는 욘사마 정식

서울행 버스를 기다리며 식당에서 아침 신문을 봤더니 어제 삼척의 죽서루에 배용준이 왔다는 기사가 대문짝만 하게 났다.

'앗, 내가 그제 갔던 그곳에……'

소문대로 삼척은 배용준 특수가 장난이 아닌 모양이다. 식당에선 1만원짜리 '욘사마 정식'이 불티나게 팔리고 일본인 관광객이 2000명을 넘어섰다는 이야기, 일본인 기자만 해도 100여 명이 왔다는 이야기, 그가 묵고 있는 호텔 객실은 70~80%가 일본인이라는 이야기 등이 실려 있다.

기자회견장에는 외신 기자 150여 명을 포함해 취재진 350여 명이 몰렸는데 중국, 홍콩, 싱가포르, 대만, 말레이시아, 프랑스 등 8개국의 65개 매체가 취재경쟁을 벌였단다. 일본에서는 NHK, TV도쿄, 니혼TV에 《요미우리신문》, 《도쿄신문》 등 20개 매체가 열성적으로 취재를 하였다고 한다.

《할리우드 리포터》의 한국 통신원 마크 러셀은 "할리우드에서도 촬영장 공개에 이렇게 많은 취재진이 몰리는 건 드문 일이다"라고 말했고, 일본의 한 여성은 인터뷰에서 "나흘 전부터 삼척에 묵으면서 오늘을 기다려왔다"고 전했다.

배용준은 기자회견장에서 독도 관련 질문을 받고 "매우 중요한 사안이라 생각하고 국민의 한 사람으로서 걱정과 함께 관심을 갖고 있다. 그러나 이 자리에는 어울리지 않는 이야기 같으니 나중에 말씀드리겠다. 죄송하다"고 했다. 참 지혜롭게 대답하였다.

서울로 올라오면서 어제 내가 힘겹게 걸었던 그 길을 보니 여간 오르락내리락한 게 아니다.

'이렇게 험한 길이었구나. 장하다, 임자야.'

대게의 고장에서 인생을 배우다

울진과 영덕은 위·아래 집이다. 두 집은 '대게'에 관한 한 서로 종갓집이라고
내세우는 것 같다. 솔로몬 같은 왕이 나타나 판단을 내린다면 어떻게 할까?
"게를 둘로 쪼개 양쪽이 반반씩 나눠 갖도록 하여라."
"아닙니다, 아닙니다. 차라리 저쪽에 다 주어 통통하게 살찐 게를
제 돈 받고 잘 팔도록 하소서." 애처로운 생모의 소리가 귀에 들리는 듯하다.

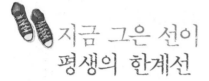

지금 그은 선이
평생의 한계선

울진은 길가 양옆이 온통 개나리 동산이다. 저녁 7시가 넘어서야 숙소를 겨우 찾아 들어오면서, 내일부터는 하루 일정을 일찍 시작하리라 다짐한다. 동해안을 지나며 해변 가까운 곳으로 걷느라 주로 도시의 외곽을 지나다 보니 저녁 무렵에 마땅한 숙소를 찾는 일이 여간 어렵지 않고, 어둑어둑해지면 마음까지 불안해진다.

나 홀로 걸어서 국토순례를 하겠다고 주변에 알렸을 때 가장 많이 들은 소리 중 하나가 "여자 혼자 괜찮겠어?" 하는 말이었다. 그때마다 "대낮에 내 나라 땅을, 그것도 평지를 걷는데 뭐가 무섭겠어?" 하고 큰소리를 뻥뻥 치곤 했다.

하지만 객지에서 어둠이 깃들 때, 게다가 오늘처럼 차만 쌩쌩 달리는 외딴 산길을 혼자 걷고 있을 때는 두려운 마음이 드는 게 사실이다. 중간에 지나가는 빈 택시를 집어탈까 생각하다가 버티기로 한다. 매번 결정적인 순간에 타협하고 포기한다면 앞으로도 쉽고 편한 길로만 가려는 마음이 나도 모르게 굳어져버릴 것 같아서였다.

2003년 이라크전쟁이 한창일 때, 가장 치열한 전투가 벌어지고 있는 바그다드로 이동 중인 미군 보급부대를 《조선일보》 강인선 기자가 따라가면서 쓴 기사에 다음과 같은 내용이 나온다.

25일 오전 기사를 쓰고 있는데 부대를 총지휘하는 대령이 찾아와서 돌아가고 싶냐고 묻는다. 나는 바그다드까지 가서 이 전쟁의 끝을 보고 싶은 생각과 이쯤에서 워싱턴으로 돌아가고 싶은 생각이 반반이라고 솔직하게 말했다. 대령은 내 옆자리에 앉았다.

"1976년 내가 한국의 비무장지대에서 근무할 때 북한군의 총격을 받아 팔에 부상을 입었어요. 8·18 도끼만행사건 직전입니다. 죽기 싫어 상관에게 남쪽으로 옮겨달라고 했습니다. 그러자 그는 여기서 도망치면 앞으로 어려운 일이 생길 때마다 항상 도망만 다닐 것이라며 당장 나가라고 소리쳤습니다."

그 대령의 큰 눈에 눈물이 그렁그렁 맺혔다.

"당신이 '여기까지가 나의 한계다'라고 생각하고 돌아간다면 지금 그은 선이 평생 당신의 한계가 될지 모릅니다. 그렇지만 옳다고 판단하는 일을 하십시오. 도와드리겠습니다."

그의 눈에서 눈물이 주르륵 떨어졌다. 나는 막사 밖으로 나가 다시 불어닥치기 시작한 모래 돌풍 속에서 한참 동안을 멍하니 서 있었다. 선택할 수 있어서 너무 괴롭다.

물론 이런 극한상황이란 누구에게나 있는 일은 아니다. 그러나 일상생활 속에서 비슷한 순간은 수없이 많다. 그럴 때 좀 힘들더라도 버텨볼 것인가, 아니면 꼭 이렇게까지 해야 할 필요가 있을까 하면서 이내 피해버릴 것인가? 자꾸 힘든 상황을 회피하다 보면 어느덧 그것이 습관이 되고, 그래서 늘 안일함에 머무르려 한다면 우리에게 진정한 환희의 순간은 없을지도 모른다.

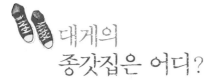

대게의
종갓집은 어디?

바다가 보이는 영덕의 한 모텔. 월송정 가까
운 곳이었나 보다. 월송정은 '평해 황씨 시조 제단'이란 입간판이
붙은 문 안으로 들어가 몇 개의 사당을 지난 곳에 깊숙이 자리 잡고
있다. 이곳 역시 관동 8경 중 하나다. 빽빽이 우거진 노송이 인상
깊고 그보다 지천으로 널린 쑥이 탐스럽다.

울진과 영덕은 위·아래 집이다. 두 집은 '대게'에 관한 한 서로
종갓집이라고 내세우는 것 같다. 울진에서는, 대게는 원래 울진에
서 잡은 건데 외지로 나가는 통로가 험하여 영덕에 내다 팔게 되었
고, 영덕에서는 판로를 개척하느라 '영덕대게'라고 부른 게 외지
사람들에게 각인돼버린 것이라 한다.
영덕과의 경계 지역엔 울진대게의 대형 입간판이 서 있는데 가까

이 가보니 게가 움직인다. 지역 싸움에 게 등 터지게 생겼다. 그리고 "지익~ 지익~" 하는, 게의 울음 같은 소리가 계속 들린다. 경계선을 넘어서 보니 영덕 쪽에서도 대게 소리가 요란하다.

솔로몬 같은 왕이 나타나 지혜로운 판단을 내린다면 어떻게 할까?

"게를 둘로 쪼개 양쪽이 반반씩 나눠 갖도록 하여라."

"아닙니다, 아닙니다. 차라리 저쪽에 다 주어 통통하게 살찐 게를 제 돈 받고 잘 팔도록 하소서."

애처로운 생모의 소리가 귀에 들리는 듯하다.

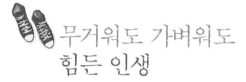

무거워도 가벼워도
힘든 인생

　　　　　　일기예보에 지난밤부터 오늘 오전까지 비가
내릴 거라더니 비는커녕 창을 뚫고 들어오는 아침 햇살이 눈부셔
잠을 깰 정도로 날씨가 쾌청하다. 동해안 수평선에 어느 새 해가 봉
긋 올라앉아 있다. 다시 한 번 뻥 뚫리는 기분.
　"조~오타!" 나도 모르게 큰 소리로 외친다.

　휴게소며, 주유소며 보이는 곳마다 들어가 지도를 구해보려 했으
나 영덕 지도가 비치된 곳은 영덕의 국도, 해안도로 어디에도 없다.
　영덕의 중간 지점쯤 왔을까, 한 주유소에서 경상북도 지도 한 장
을 겨우 얻을 수 있었다. 마땅히 접어들 만한 해안도로가 보이지 않
아 차만 쌩쌩 달리는 외곽의 국도를 걷다 보니 물어볼 사람도 거의
없고, 거대한 화물차와 대형 버스들이 달리면서 일으키는 바람으

로 애꿎은 선캡만 수도 없이 벗겨진다.

　부곡의 한 주유소에 들러 다리도 쉬고 물도 얻어 마시면서 주인 아줌마와 한참 이야기를 나눴다.

　"단골들이 주로 오고예, 저어짝에 넓은 길 뚫리면 우짤지 모르겠어예."

　한적한 곳에 자리 잡은 주유소가 어떤지, 은근히 묻는 내게 친절한 그녀가 들려주는 말이다. 그러고 보니 동해안은 새 길 내느라 가는 곳마다 많이도 파헤쳐졌다.

　대게마을을 꼭 들르고 싶은데 산이 막혀 한참을 돌아가야만 보게 생겼다. 국도도 싫고, 되돌아가기도 싫고, 대게마을은 보고 싶고. 주유소 아줌마의 권유로 택시를 타고 들어갔다. 대게마을의 대게는 그 마을 주민들이 직접 잡은 거라 싸고 신선하다는 아줌마의 설명과는 반대로 기사 아저씨는 "대게 하면 강구항이지요"라고 말한다.

　"강구항의 대게는 비싸기만 하고 러시아나 북한에서 수입해온다"는 주유소 아줌마의 말과는 다르다. 그래 맞아. 사람에 따라 세상을 보는 눈이 다 다르듯이, 자기와의 연관성에 따라 그렇게 달리 말할 수밖에 없을 거다.

　경상북도의 지도를 보면 대게 원조 마을, 경정해수욕장, 오보해수욕장, 대탄해수욕장이 일정한 거리를 두고 나란히 표시되어 있다. 근데 막상 걸어보면 대게마을과 경정해수욕장은 10분 거리, 경정에서 오보까지는 1시간 반 거리, 오보에서 대탄까지는 10분 거리다. 경정에서 오보에 이르는 길은 가파른 산길을 돌고 또 돌아야 했다. 가다 쉬다를 반복하면서 좀 다른 방법을 체득했다.

가파른 길을 올라갈 때는 위를 보지 말고, 빨리 걷지 말고,
가다 쉬다 하지 말고, 천천히 꾸준히 발밑만 보고 걷기.

그 가파른 길을 할머니 한 분이 힘겹게 오르고 있다. 등에는 배낭을, 머리에는 커다란 보따리를 이고. 원체 느리게 걸으니 내 느린 걸음이 그분을 따라잡는다.
"할머니, 어디까지 가세요?"
"저 너머 마을이라요."
"좀 들어드리고 싶은데."
"아니라요. 미역이라 디게 가벼운데 너무 가벼워서 바람불 때마다 흔들려서 잡습니더."
그래, 물살 센 강을 건널 때 묵직한 돌을 하나씩 이고 건넜던 옛사람의 지혜도 그렇게 해서 생겨난 거겠지.
송림에 가려 아득히 먼 저 아래에서 파도 소리만 들리는 바다, 반들반들한 아주 큰 돌들이 널브러진 해변, 황혼이 가까워오건만 파

도치는 바다의 높다란 바위 위에서 낚싯대를 드리운 강태공들. 한쪽은 바다, 또 다른 한쪽 산 위에는 풍력발전소의 바람개비가 도는 마을. 한가하고 정겨운 모습이다.

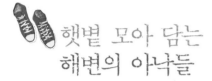

햇볕 모아 담는
해변의 아낙들

　　　　　돌아올 곳이 있으므로 떠남이 아름답다. 여
름 같은 봄 날씨로 인해 몸이 빨리 지치자, 앞으로는 하루의 일정을
달리 잡아야겠다는 생각을 한다.

　해맞이공원 위의 자동차식당에서 라면과 어묵, 커피 한 잔으로 아
침을 때운다. 주인아저씨와 이 얘기, 저 얘기 나누는데 "저게 뭔 줄
아십니까?" 하고 자동차 안쪽에 써 붙인 팻말을 가리키며 묻는다.

　"'영덕대게를 저렴하고 신나게 드시는 방법'이라, 어떻게 먹는
거지요?"

　알고 보니 그분의 안사람은 항구의 한편에 자동차식당을 차려놓
고 대게를 파는 모양이다. 그분의 설명인즉, 일반 식당은 임대료,
인건비, 서비스에 몇 가지 반찬 얹어 10만원 받는데, 그런 것 필요
없이 순수하게 게만 먹고 5만원이면 뒤집어쓰니 얼마나 싸냐는 것

117

이다. 영덕대게를 저렴하게 먹는 방법이란 다름 아닌 자기 안사람이 하고 있는 자동차식당으로 가면 된다나? 재미있는 부부다.

해맞이공원의 좌우 경관 또한 가경이다. 산 언덕엔 풍력기가 소리 내며 돌고 있고, 바다 쪽은 산책 코스가 다채롭게 펼쳐진 곳에 진달래가 만발하게 피어 있다. 그리고 밭뙈기에는 마늘, 파, 그리고 각종 모종이 꽃보다 아름답게 골을 만들고 있다.

"풍력발전소 풍력기가 모두 24기에 높이는 80m고, 세 개씩 붙은 날개는 길이가 40m씩이라예. 민간 유치로 680억원 들었는데 제대로만 된다면 영덕군 전체가 쓰는 전력은 공급한다, 카네요."

"강구에 가보시면 알겠지만 대단합니더. 영덕읍을 제외한 영덕군 8개 면 중 강구면이 쓰는 전기가 나머지 7개 면 전체에서 쓰는 것보다 많고, 강구 한 면의 수입이 7개 면 수입을 합친 것보다 많습니다."

강구면 가는 길에서 만난 한 청년이 들려준 말이다.

이 역시 20 대 80 법칙인가! 백화점 고객의 20%가 매출의 80%를 올린다는 등의 사회의 쏠림 현상 말이다. 가령 내가 몸담고 있는 산업교육기관 강사의 경우도 20%의 명강사가 전체 강의의 80%를 맡는데, 나머지 80%의 강사는 "나, 이 일 계속 해? 말아?" 한다나?

이탈리아 경제학자 빌프레도 파레토가 정리한 이 학설을 '파레토의 법칙'이라 한다. 나는 어느 쪽에 속하는 강사인가? 이렇게 한

영덕 해맞이공원의 등대. 이곳의 특산물인 대게가 등대 벽에 장식되어 있다.

영덕 해맞이공원에 만개한 수선화.

가하게 걸어다니기나 하는 걸 보면…….

　도시로 나가는 게의 50%가 강구에서 출하되는 건데 독도 문제로
조업이 어려워져 요즘은 러시아에서 게를 수입해온다 한다.
　해변에서 미역을 손질하는 사람들은 노소 불문하고 모두가 여성
들이다. 대부분 바다에 나가 직접 미역을 따온 후, 내다 팔 미역을
일일이 손질하느라 분주하다. 폭 30cm, 길이 1m 정도 돼 보이는
판에서 미역이 건조된다. 판의 크기를 물었더니 모른다 하면서도
그들의 손길은 자로 잰 듯 균일하게 미역을 다듬어 한 판씩 만들어
내놓는다. 동해의 햇볕은 오징어와 미역 말리느라 눈곱만큼도 버

려지는 게 없는 것 같다.

우리가 사는 데 없어서는 안 될 자원들은 전부 공짜다. 햇빛, 공기, 바람, 달과 별, 나눔, 베풂, 사랑, 아이디어 등 모두가.

아닌 게 아니라 강구는 무척이나 활기차다. 점심 손님들이 거의 빠져 나가고, 밤에 시작될 또 한 번의 잔치를 위해 분주히 오가는 발걸음들이 예사롭지 않다.

강구에는 서울행 버스 정류장이 없어 버스로 포항까지 간 다음 그곳에서 서울로 올라왔다. 오늘도 서울로 올라오는 발길에 희망이 묻어 있다.

미래의 도시와
과거의 도시

형산강과 바다가 맞닿는 곳에 서서 강 건너 포스코의 웅자를 본다.
포스코를 향한 자전거와 자동차의 물결을 보며
가슴이 뜨거워옴을 느낀다. 지지리도 가난하고 앞날이 막막하던
그 시절, 상상할 수 없는 것을
상상으로 키우고 이뤄낸 사람들에 의해 오늘 이 모습이 있지 않은가.

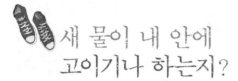 새 물이 내 안에 고이기나 하는지?

　　　　　떠나지 않고는 못 배길 만큼 애끓는 목마름
이 내 안에 있었던가? 익숙한 것으로부터 떠나왔다고는 하나 낯선
곳에서 그래 뭐, 엄청난 깨달음이라도 얻었는가?

　어느덧 떠남이 익숙해졌고, 숙소를 찾아드는 일도 자연스러워졌
다. 실제 걷는 시간보다 지난번 떠났던 곳으로 다시 돌아와 시작하
느라 차 타는 시간이 더 많다. 시간과 돈과 세월과……, 눈에 보이
는 것들의 소모에 비해 더 많은 새 물이 내 안에 고이기라도 하는
가? 의도적으로 결단을 내리고, 포기하지 않는 데서 오는 환희 같
은 것이 어느 순간 차오르기라도 하나? 그보다는 다시 무심함과 덧
없음의 생각 속으로 빠져들 때가 더 많다.

　지난달까지 박경리의 《토지》 21권 모두를 읽었다. 읽으면서 내내

소설가 박경리의 집필실 내부.
《토지》는 혼자 떠난 순롓길
내내 동행이 되어주었다.

작가의 놀라운 상상력에 압도당하고 까닭 모를 희열에 잠기곤 했다. 하동군 평사리가 배경이건만 정작 저자는 소설 속의 최참판댁이 재현된 이후에야 그 지역을 찾았다고 한다. 간도도, 용정도, 통포슬도, 만주도 모두 책과 상상 속에서 얻어진 모습일 뿐, 작가 자신은 그곳에 가본 적도 없다고 한다.

사람들의 재능은 타고나기도 하고, 길러지기도 하는 것 같다. 에디슨은 천재는 1%의 영감과 99%의 노력으로 이루어진다고 말했다. 99%의 노력을 기울일 만한 1%의 영감은 어떻게 얻는 것인가?

포항에서의 저녁, 내일은 포스코를 본다는 기대로 흥분된다.

'우리도 드라마의
주인공이 되자'

아침 일찍부터 서둘렀다. 늘 그렇게 하자고
결심하면서도 자주 어긋나곤 했는데 오늘은 맘먹은 대로 됐다. 가
슴이 뿌듯했다.

형산강과 바다가 맞닿는 곳에 서서 강 건너 포스코의 웅자를 본
다. 포스코를 향한 자전거와 자동차의 물결을 보며 가슴이 뜨거워
옴을 느낀다. 지지리도 가난하고 앞날이 막막하던 그 시절, 상상할
수 없는 것을 상상으로 키우고 이뤄낸 사람들에 의해 오늘 이 모습
이 있지 않은가.

이른 시간이라 포스코박물관을 먼저 둘러보기로 했다. 아직 사람
이 모이지 않아 나 혼자 친절한 안내를 받으며 30여 분간 관람하는
데 문득 은은한 커피 향이 코끝을 간지럽힌다. 그것은 커피 냄새라
기보다 그리움의 냄새였다.

"여기, 커피 자판기 없나요?"

"없는데……. 저희가 한 잔 드릴게요. 근데 혼자서 이렇게 다니시는 거예요?"

"그렇지요. 전국을 한 바퀴 돌고 있습니다."

"멋있어요. 부러워요. 이렇게 시간을 낼 수 있어서요."

커피를 마시며 《포스코신문》을 보는데, 주철환 전 MBC PD의 '우리도 드라마의 주인공이 되자'는 글이 눈에 띈다. 누구나 인정하듯이 대한민국은 가히 드라마공화국이라 해도 과언이 아니라는 전제하에, 우리도 한번 드라마의 주인공이 되어보자는 것이다. 드라마(DRAMA)를 분해하면 멋진 그림이 그려진다는 것이다. 그의 글을 간략히 정리해보자.

첫 번째 요소는 꿈(Dream)이다. 누워서 꾸는 꿈은 몽상이지만 일어나 바라보는 꿈은 이상이다. 성공하는 드라마 주인공들의 한결같은 공통점은 보다 나은 세상을 향한 꿈을 갖고 있다는 것이다. 이루어지기도 하고 간혹 깨어지기도 하지만 그들은 꿈을 향해 부단히 나아간다.

두 번째는 로맨스(Romance)다. 낭만이 없다면 인생은 사막이다. 낭만주의라는 게 애초에 고전주의의 엄격함을 깨부순 결과다. 엄숙하고 진지하고 심각한 게 결코 나쁜 건 아니지만 그러한 분위기 속에서는 창의력이 발휘되지 못한다. 자유로운 상상, 가끔은 일탈의 긴 장감을 넘나드는 게 오히려 생산성을 높인다.

세 번째는 액션(Action)이다. 드라마 연출자들이 직업상 가장 많이 하는 말이 바로 "액션!"이다. 이 말과 함께 정지되었던 모든 것이 일제히 움직인다. 살아 있는 세상이 되는 것이다. NG가 나면 다시 액션을 시작하면 된다. 목표를 향해 모두가 제 역할대로 움직이는 삶, 그것이 드라마다.

네 번째는 미스터리(Mystery)다. 신비감의 영토는 반드시 남겨두어야 한다. 모든 걸 보여준다면 일상은 곧 누더기처럼 변하고 말 것이다. 사막 어딘가에 오아시스가 있을 거라는 믿음이 지쳐가는 사람들을 끝까지 움직이게 한다. 드라마를 지탱하는 불가사의한 힘, 그것은 내일 어떤 일이 벌어질지 알 수 없는 그 궁금함이다.

마지막은 모험(Adventure)이다. 안주하는 자에게 인생은 재미를 가져다주지 않는다. 모범적인 사람보다는 모험적인 사람이 인류에게 선사하는 게 많다. 언제까지 포기하지 않고 도전할 수 있는가. 살아 있는 한 그럴 수 있다고 말하는 자야말로 성공하는 드라마의 주인공답다.

참 멋진 비유다. 나도 자주 꿈을 꾼다. 때론 그것이 가당치 않아 보일 때도 있다. 항상 목표를 세우고 한 걸음씩 나아갈 것이지만,

그 결과는 언제나 미스터리다. 그 미스터리가 어떻게 풀려 나가는 지에 따라 '마이 스토리'의 모양은 달라질 것이다. 모험을 하지 않으려면 꿈조차 꾸지 말 일이다.

하나님이 한국에 준 선물, 포스코

포스코 견학은 단체의 경우, 설·추석 연휴를 빼고 연중무휴 가능하지만 개인의 경우, 매주 토·일요일과 국공휴일 10시에만 가능하다고 한다. 여기까지 와서 견학을 포기할 수는 없는 일. 안내 부스에 가서 사정을 얘기했더니 나처럼 개인으로 오는 사람을 가끔 그렇게 배려하는지, 신속하게 한 단체의 버스에 태워준다. 충북 괴산군 칠성면 마을 산악회원 34명이 타고 온 큼지막한 버스에 올라탔다. 꿈이 선물로 나타난 것이다.

평범한 한국의 아줌마, 아저씨들. 반갑지 않은 굴러들어온 돌이건만 따뜻한 미소로 반겨준다.

여의도의 세 배 크기라는 포스코는 대지 270만 평에 자동차, 냉장고, 선박 등에 쓰이는 철강을 생산해내는 곳이다. 100% 주문 생산이라고 하니 비싼 돈 들여 만들어놓고 안 팔릴까 봐 애태울 일은 없겠다.

포스코는 직원이 1만9000여 명에 달하며 1968년 4월 1일 창립되었다. 또 포항제철소보다 거의 배에 달하는 400만 평의 광양제철소도 가동하고 있다. 1967년에 인구 6만7000명이던 포항시가 오늘날 51만 명의 대도시로 탈바꿈한 데는 포스코가 지대한 공헌을 했음은 미루어 짐작할 수 있다.

이곳에서 사용하는 물은 하루 480만 톤, 서울 시민의 하루 물 사용량과 맞먹으나 98%를 재사용하고 2%만 정화되어 강물로 나가고 있다 한다. 사원 아파트 역시 고로의 폐열을 이용하여 난방하기 때문에 일반 난방비의 3분의 1밖에 안 든다나? 한마디로 버리는 게 아무것도 없다고 자랑이다.

'Resources are limited : Creativity are unlimited.'
자원은 유한하나 창의성은 무한하다.

무에서 유를 만든 포스코의 캐치프레이즈답다.

버스로 경내를 돌다가 제2열연공장에 들렀다. 공장 길이 1200m, 그 중 견학 코스는 500m. 아파트 2층 높이의 견학 코스대에서 시뻘겋게 달궈진 슬래브가 코일로 변한다는 얘기를 들으며, 유한한 자원이 무한한 상상력과 노력에 의해 이 모양, 저 용도로 변

포스코의 고로. 유한한 자원이 무한한 상상력과 노력에 의해 신화와 기적을 낳았다.

모하는 공정을 '그저 바라만 보고 있지'.

안내센터로 돌아와 고맙다는 인사를 하며 막 떠나려는데 안내원이 쫓아오며 "이거 가져가서 드세요" 한다. 버스에 탄 분들이 건네준 떡과 요구르트다. 포스코야말로 하나님이 이 땅에 내려준 선물, 그 이상이다.

일본인들이 토끼 꼬리라고 폄하해 불렀다는 호미곶은 호랑이 꼬리라 해야 할 만큼 크다. 지도상의 작은 뾰루지가 아니고 구룡포의 두 개 면이 동해안 밖으로 불쑥 튀어 나온 곳이다.

포스코 쪽의 도구해수욕장에서 이육사의 '청포도' 시비까지, 거기서 구룡포읍의 병포리까지 각각 약 14km, 가로지른 길이 12km.

남의 나라에 침입해서 언어, 풍습(단발령), 이름(창씨개명) 등 모든 것 다 뺏어가더니, 급기야 나라 이름 '조선'을 '이씨조선'으로, 우리 왕을 '이왕'이라 낮춰 부르고, 호랑이 꼬리라고 해도 모자랄 지명을 토끼 꼬리라고 하다니, 생각할수록 괘씸한지고. 용서는 하되 잊지는 말아? 아니면 이제는 이웃끼리 오순도순 잘 살아봐?

구룡포의 호미곶에 들어가지 않고 가로지르며, 오르락내리락하며 산길을 돌고 돌기를 약 10km. 저 멀리 안개 낀 바다가 보인다. 먼 바다를 보며 가슴이 뻥 뚫리는 청량함을 느껴보았는가? 이 맛에 순례의 고통을 잠시 잊는다.

무한한 가능성 찾아주는 '코칭'의 마력

오늘의 한낮 3시간 반은 포항시 장기면 신창리에 있는 '사랑 이야기' 카페에서 보낸다. 신창리 너머 멀리 바다가 보이는 이곳에 앉아, 요즘 내가 공을 들이고 있는 코칭에 대해 생각한다.

코칭은 최근에 한국에 도입된 새로운 상담기법이자 대화기법이다. 이미 카운셀링, 컨설팅, 멘토링 등 비슷한 영역의 상담기법들이 있고 이들 모두 오래도록 연구되고 적용되어온 훌륭한 것들로, 삶의 여러 환경에서 일어나는 문제들에 대해 전문가와 내담자가 어려움을 풀어가는 과정이다.

이들과 전혀 다른 것이라 할 수는 없으나 상담자의 전문성보다는 내담자의 잠재력과 가능성에 초점을 맞춘 상담기법이 바로 코칭이다. 코칭에 관한 책 중 내가 제일 처음 읽고 감동한 《마법의 코칭》에서 저자 에노모토 히데타케는 코칭의 3대 철학을 이렇게 정리하였다.

첫째, 모든 사람에게는 무한한 가능성이 있다.
둘째, 그 사람에게 필요한 해답은 모두 그 사람 내부에 있다.
셋째, 해답을 찾기 위해서는 파트너가 필요하다.

코치는 바로 파트너로서 코치이(Coachee:코치받는 사람)의 얘기를 경청하고, 적절하고도 파워풀한 질문을 함으로써 코치이가 대답하는 가운데 스스로 해답을 찾아갈 수 있도록 돕는 것이다.

코칭 교육을 받고 실제로 코치이를 상대하면서 이것이야말로 요즘 같은 다양성의 시대, 개성의 시대에 각자의 해답은 각자가 찾을 수 있도록 하는 강력하고도 매력적인 상담기법이라는 확신을 갖게 되었다.

어제와 오늘, 길을 걷는 중에 강의 요청도 받았다. 그 무엇보다 힘이 불끈 솟게 하는 요청, 저절로 흥이 나고 발걸음이 가볍다. 가파른 언덕길에 퍼질러 앉아 친구 화자에게 전화를 건다.

"더위 먹지 않게 조심하고 물 많이 마셔."

"물 너무 많이 마셔도 골치야. 나중에 해결하기 곤란한 일이 생기거든."

"그렇구나. 항상 몸조심해. 다 건강하게 살자고 하는 일 아냐?"

고마운 친구. 똑똑한 남편 만나 세상의 빛을 받고 살면서도 언제나 마음이 따뜻하고 겸손한 친구다.

간간이 파도 소리, 바람 소리, 새 소리만 들리는 적막한 길을 걷는다. 일찍 찾아온 더위로 한낮에는 힘들기도 하지만 그래도 5월의 이른 아침은 산산하고 부드럽다.

오후 4시 45분쯤 포항과 경주의 경계선에 도착했다. 초입에 '참전복의 고장 경주시'라고 적힌 기념석이 서 있다. 그보다는 '살아 움직이는 박물관의 도시'라고 하는 게 더 낫지 않을까? 이정표에는 포항에서부터 내내 '경주'가 아닌 '감포'로 표시돼 있다. 감포항, 경주시 외곽의 포구다.

살아 있는
박물관의 도시, 경주

        그제는 4만 보대, 어제는 3만 보대, 오늘은 2만 보대. 피곤의 여파로 쉬는 시간이 많아지다 보니 하루 동안 걷는 양이 줄어든 것이다. 강행군도 좋지만 휴식은 강행군을 위한 준비 단계다. 카페에서 책을 읽으며 쉬고 있는데 동생 경자로부터 전화가 왔다.

    "언니, 어떤 사람이 택시를 타고 예술의전당을 가자고 하려는데, 예술의전당이 얼른 생각이 나지 않아 전설의 고향 가자고 했대."

    배꼽이 빠질 지경으로 한바탕 웃었다. 짝을 못 찾아 허둥대는 언니를 과감히 제치고 결혼한 후 음으로 양으로 이 못난 언니를 어지간히 챙겨주는 동생이다.

    바다와 면한 경주의 외곽을 걷는 기분은 참으로 묘하다. 산 저 너머에 진짜 봉분들이 도시 전체를 박물관으로 만들고 있을 텐데도,

봉분들이 도시 전체를 박물관으로 만든다.

둥그스름한 경주의 산들이 마치 봉분처럼 보인다.

문무대왕릉이라는 이정표를 지나 한참 더 간 바다 속 바위 사이에 문무대왕릉이 있다고 한다. 여름에는 그곳까지 배가 다니지만, 지금은 멀찌감치에서 바다 위의 바위들을 볼 뿐이다. 가게에 들러 혹 사진이나 망원경으로 볼 수 있냐고 했더니, 주인아주머니는 공중 촬영한 능 사진을 보여준다.

그런데 문무대왕릉 이정표의 영문 표기를 왜 'Munmu King Tomb'이라 했을까. 이왕이면 '대왕'이라는 의미의 영어 단어 하나쯤 넣어주는 것도 괜찮을 텐데. 일본인들은 자기네 왕을 천황이라며 세계에 알리지 않던가. 내 집 강아지도 주인이 귀히 여기면 남들이 함부로 못 하는 법. 먼저 내가 나를 존귀하게 여겨야 남도 나를

야간 조명등이 설치돼 새로운 분위기를 연출하는 경주 안압지.

대접해줄 텐데…….

경주에서는 모든 건물이 문화재 같아 보인다. 멀찌감치 한옥들이 보이기에 대왕릉을 둘러싼 전각들인 줄 알았는데 막상 다가가 보니 모두 민박집들이다.

비가 조금씩 흩뿌린다. 산을 돌고 돌아 다리를 질질 끌며 걷는데, 언덕배기에 오아시스처럼 자동차휴게소가 있다. 칡차, 커피, 라면, 어묵 등 없는 게 없다. 라면과 커피로 허기를 달래고 지친 다리를 쉰다.

"내가 여기서 3년을 장사하는데 여자 혼자 이 길을 가는 사람은 아줌마가 처음이라요. 외국인도 더러 있고, 자전거 탄 사람도 있고, 학생들도 있었지만 아줌마가 이리 혼자 걷는 거는 처음 보네예."

"잘 먹고 갑니다. 라면이랑 커피가 아주 맛있었어요."

"잘 하이시소. 힘내시고요."

경주시 양남면 나아리에 월성원자력발전소가 생기는 바람에 직선 거리가 막혀 산을 돌아가야 했다. 원자력발전소 주변의 공원이 넓고 아름답게 잘 꾸며져 있다.

왜 이리 가슴이 타는가, 이 아름다운 강산에 서서.

타는 목마름의 도시, 부산

을숙도의 넓이는 93만2045평.
90만 평인 서울의 여의도보다 조금 더 큰 셈이다.
상단부 22만4457평, 하단부 67만2057평,
천연기념물 제179호다. 땡볕 아래 빙빙 돌아다니며
새들의 몸짓과 갈대들의 서걱거리는 소리에 잠시 빠져들기도 한다.

상상력에 날개 달아주는
메모의 힘

지난해 말 국토순례를 처음 시작했을 때만
해도 모든 상황을 자세히 메모하느라 꽤나 열심이었다. 어느 동네
의 어느 식당 혹은 카페에서 밥을 먹고 차를 마셨는지, 무슨 책을
읽었고 기억에 남기고 싶은 구절은 무엇이었는지, 다리 이름은 무
엇이며 그 아래로 흐르는 강의 이름은 무엇인지……. 그뿐만 아니
라 길을 가다가도 머릿속에서 이런저런 생각들이 떠오르면 꼼꼼히
기록을 했다.

그런데 여섯 번째 국토순례에 나선 지금, 비슷한 거리를 비슷한
일정으로 걷건만 수첩에 적힌 내용은 작은 수첩의 반 페이지에 불
과하다. 추울 땐 장갑까지 낀 채 극성스럽게 적곤 했는데…….

《엉클 톰스 캐빈》을 쓴 스토 부인은 어려운 삶 속에서 남편과 가
족, 하숙생의 뒤치다꺼리를 하면서 작품을 썼다. 그녀는 틈틈이 떠

오르는 생각을 곧바로 적어놓기 위해 부엌에서도 펜을 입에 물고 일했다고 한다.

꼭 필요한 것만 간단히 메모하는 요즘, 나는 하루 종일 걷기만 하는 단조로움 속에서 내면의 더 깊은 곳을 들여다보고 싶은 건지도 모른다.

오전 8시, 울산의 활기찬 아침 속으로 뛰어들었다. 맨 먼저 발길을 옮긴 곳은 현대자동차. 그러나 '예약하지 않은 개인'은 견학할 수 없다고 한다. 포스코처럼 안내센터의 배려로 이 한 몸을 단체에 끼워

때론 꼭 필요한 것만 메모하는 것이
글을 쓸 때 상상력을
더욱 풍부하게 하는 것 같다.

넣어주는 친절과 아량을 기대했는데, 아무래도 안 되는 모양이다.

"혹시 모르니까 의전실로 전화 한번 해보세요."

옆에 서 있던 남자 분이 귀띔해준다. 유용한 정보를 얻은 기쁨에 그곳으로 전화를 했으나 역시 안 된단다.

"저희들한테는 그런 규정이 전혀 없고, 제 선에서 어떻게 할 수도 없습니다. 이곳은 귀빈을 안내해드리는 곳입니다."

"무엇을 도와드릴까요?", "최고의 서비스로 모시겠습니다"라는 공허한 말 대신 고객에게 해줄 수 있는 최고의 서비스가 진정 무엇인가를 모색하여 그것을 실천해야 되지 않을까? 더 이상 떼를 쓰고 싶은 생각도 없어 그냥 돌아서고 말았다.

울산은 참 복받은 도시인 것 같다. 현대자동차, 현대중공업, 현대미포조선, SK 주식회사 등 거대 기업 외에 울산석유화학단지와 온산국가산업단지까지 셀 수 없을 정도로 많은 공장들이 들어서 있다.

나처럼 걷기로 작정한 나그네로서 아쉬운 것은 화학단지와 산업단지 두 지역을 통과하는 데 각각 4시간 이상씩 걸렸지만 잠시 쉬어 갈 카페 하나 보이지 않았다는 점이다. 예상치 못한 일이다. 숙소 찾느라 많이 지치긴 했지만 덕분에 많이 걸었다. 그리고 부지런히 돌아가는 공장들을 보며 많이 흐뭇하고 뿌듯했다.

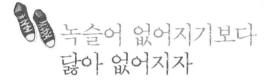

녹슬어 없어지기보다
닳아 없어지자

아침 7시, 한낮의 땡볕을 피해보고자 조금 일찍 숙소를 나섰다. 울주군 진하리의 마을 담장 사이에 새빨간 나팔꽃이 활짝 피어 있다. 저녁엔 또 함초롬히 봉오리를 닫겠지. 담장 사이사이, 산허리 이곳저곳에 고추, 옥수수, 파, 콩 등이 뜨거운 햇볕을 듬뿍 받으며 알찬 결실을 준비하고 있다.

'모 심을 때 비 한 방울은 웃음이 석 섬이요, 추수할 때 비 한 방울은 눈물이 석 섬이라'는 속담이 있다. 이처럼 강한 햇볕을 여과없이 받는다면 올 가을 추수는 눈물 없이 거둬드릴 만하겠는데?

동해안에서 해가 가장 먼저 뜬다는 간절곶. 해변 모래사장의 자동차카페에 앉아 가벼운 아침 식사를 한다.

"해가 가장 먼저 뜬다니 그게 무슨 말인가요?"

145

"1월 1일엔 다른 해안보다 7분 정도 차이가 난다고 하네요."

가게 주인아저씨의 대답이다.

아직은 동해안의 끝자락. 작은 마을이 하나 보인다 싶으면 어김 없이 어귀에 횟집 이름이 줄줄이 적힌 간판이 서 있다.

이번 순례를 위해 네 권의 책을 가져왔다가 어제 한 권, 오늘 한 권을 서울로 부쳤다. 여름엔 한낮의 더위를 피하기 위해, 겨울엔 긴 긴 밤을 보내기 위해 책은 필수적이지만 그 무게가 만만치 않은지 라 전에 없던 아이디어를 생각해낸 것이다.

새뮤얼 스마일즈의 《셀프 헬프》도 그 중 하나. 수많은 명언이 소개 되어 있어 도움이 되긴 하지만, 넘쳐나는 자료가 혼란스럽게도 한다.

'모두가 베란다에서 살 수는 없지만 누구나 햇볕을 즐길 수는 있 다.' – 이탈리아 토스카나 지방 속담

'녹슬어 못 쓰게 되기보다는 닳고 닳아 못 쓰게 되는 편이 낫다.' – 리처드 컴벌랜드 주교

'가장 현명한 습관은 좋은 습관을 들이기 위해 애쓰는 습관이다.' – 토머스 린치(종교 저술가)

KFC라는 브랜드로 크게 성공한 할랜드 샌더스. 그의 좌우명은 '나는 녹슬어 사라지기보다 다 닳아빠진 후 없어지리라'였다고 한다. 닭고기요리에 관한 독특한 레시피로 프랜차이즈를 시작한 게 65세, 결국 그는 600개 이상의 프랜차이즈를 거느린 사업가가 되었으나 성공하자마자 그것을 팔아버리고 선교사로 활동하다가 90세에 세상을 떠났다고 한다.

여름은 도보 여행을 하기엔 최악의 계절이다. 지열이 발을 타고 올라오는 데다 햇볕은 머리와 얼굴을 사정없이 때린다. 몹시 춥거나 더운 날씨로 인해 어려움이 닥칠 때마다 탐험가들을 떠올린다. 평소 탐험가들의 책을 즐겨 읽는 나는 늘 그들의 삶을 부러워하며 그들이 갔던 곳으로 달려가는 꿈을 꾸곤 한다.

뉴질랜드의 산악인이자 탐험가인 에드먼드 힐러리부터 남극 탐험길에 올랐다가 배가 침몰하는 사고로 634일간 얼음 위에서 사투를 벌이며 27명의 대원을 모두 살려낸 영국의 어니스트 새클턴, 노르웨이의 아문센, 한국의 박영석 · 엄홍길 · 허영호 · 오은선 · 한비야, 그리고 실크로드를 4년 동안 봄과 여름에 걸쳐 걸은 프랑스의 베르나르 올리비에까지 내가 진심으로 존경하는 분들이다.

나는 이 명단에 네팔의 세르파족 텐징 노르가이를 끼워 넣고 싶다. 최초로 에베레스트 상봉에 깃대를 꽂은 그는 비록 탐험가가 아닌 포

울산의 한적한 들판길, 한 가족이 자전거를 타며 여유를 만끽하고 있다.

터였지만 당시로선 죽음을 무릅쓴 대단한 일을 했다는 점을 높이 사고 싶다. 물론 포터인 텐징 노르게이에게 면류관을 양보한 진정한 산악인 힐러리에게 그에 못지않은 큰 영광이 돌아가야 하겠지만.

햇볕에 얼굴이 타지 않도록 고개를 푹 숙이고 걷는다. 울산과 부산에 걸쳐 건설 중인 고리원자력발전소 공사로 날씨는 더 뜨겁게 느껴진다. 오늘도 30℃를 웃돌았다고 일기예보는 전한다.

오후 2시 40분, '부산광역시 기장군 장안읍'이라 쓰인 입간판을 통과한다. 오늘은 아주 작은 그늘만 보여도 쉬었다.

나는 아직 목마르다

발에 물집이 심하게 잡혔다. 부산이라는 대
도시로 들어선 탓에 곳곳에 쉴 만한 곳은 많지만 그렇다고 매번 쉴
수만은 없는 노릇. 오늘 부산 지역 최고기온은 32℃. 송정해수욕장
모래사장엔 벌써부터 태양과 싸우는 젊은이들의 함성이 우렁차다.

아침에 좋은 아이디어라고 생각하며 얇은 면양말 네 켤레를 신었
는데(어제까진 꽤 두꺼운 면양말 두 켤레를 신었다), 느슨하여 흘러내릴
것 같던 발목의 고무줄이 땀과 뒤섞이니 근질거리고, 긁으니 아프
고 피멍이 든다. 이런 상황에서 어떻게 해야 좋을지 지혜로운 방법
이 도무지 생각나지 않는다. 물을 마시고 마셔도 목마름은 사라지
지 않는다. 문득 2002년에 히딩크가 한 말이 생각난다.

"나는 아직 목마르다!"

더위로 인한 육체적인 목마름, 고지를 향해 가는 사람의 목마름,

채워도 채워도 채워지지 않는 끝없는 욕망을 향한 목마름이 있을 것이다.

그리고 도약을 위해 용솟음치는 부산의 타는 목마름까지…….

일광에서 송정까지 1시간여 걷는 동안 수많은 식당을 만난다. 부산의 외곽이라 많은 사람들이 이곳으로 식사 겸 나들이를 오는 모양이다. 기와집, 초가집, 통나무집, 조가비집, 《아라비안 나이트》에 나올 법한 집 등등 쉬고 싶을 때 전망과 분위기 좋은 쉼터를 만나는 건 행운이다.

국토순례를 하면서 내게 아주 유용하고, 그래서 익숙해진 것들이 있으니 바로 모텔과 카페다. 모텔에서 가끔 손님에게 주는 꾸러미 속에는 칫솔이 들어 있다가, 면도기가 들어 있다가, 급기야 어젯밤엔 콘돔까지 있었다. 사람 좀 보고 줄 것이지…….

'송정해수욕장' 하면 떠오르는 대학 시절의 기억 하나. 기숙사의 같은 방에 부산에서 올라온 후배가 있었다. 어느 해 여름방학이 끝난 후 기숙사로 돌아온 그 후배는 잊을 수 없는 어느 여름 밤의 얘기를 흥분하며 들려주었다.

방학이 되어 고향 부산에 모인 한 무리의 여대생이 송정해수욕장에 갔다. 달 밝은 바닷가에 앉아 낭만을 씹으며 얘기꽃을 피우던 그들이 돌아가면서 노래를 부르게 되었다. 마침 성악과에 다니던 한

여름의 해변에서
대학 후배가 들려준
옛 이야기가 떠오른 것은
우연이었을까?

선배가 '축배의 노래'를 원어로 불렀다. 베르디의 오페라 '라 트라비아타'에 나오는 아리아다. 잘생긴 테너 마리오 란자가 어느 영화에선가 불러, 소녀들의 가슴깨나 설레게 하던 곡이다.

여름 밤의 해변가라는 분위기 탓이었을까, 그 노래를 부른 사람이 감정을 살려 잘 불러서였을까? 어쨌든 그날 그 노래를 듣고 감동, 감동했다던 후배의 모습이 수십 년이 지난 후 이곳에서 떠오른 것이다.

그해 말, 기숙사생 환송파티에서 당시를 기억하는 사람들은 기어이 그 선배를 대강당 무대에 세웠다. 결론은 이렇다. 한여름 밤 바닷가에서 듣던 그 노래가 아니었던 것이다. 극구 그 선배를 추천했던 후배는 "그때보다 노래는 더 잘 부른 것 같은데 이상하네? 분위기가 이렇게 중요한가?" 하며 아쉬워했다.

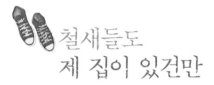

철새들도
제 집이 있건만

6월 20일부터 내리 사흘 동안 강행군을 했
더니 몸이 속도를 조절하라는 신호를 보낸다. 그래, 오늘은 좀 느긋
하게 보내볼까? 부산이라는 대도시에 왔는데 휙 통과해버리기엔
좀 뭐하잖아?

마침 해운대 근처에 영풍문고가 있어 들어갔다. 방대한 서가 사
이를 돌아다니다 도올 김용옥 선생의 《노자와 21세기 1, 2》를 사고,
한참을 더 있다가 그곳에서 나왔다.

좀 더 쉴 요량으로 이마트의 푸드 코트에 앉아 지도를 펼쳐든다.
그래 을숙도에 가보자. 해운대역 구내 부동산 중개소 아저씨가 친절
하게 설명해준 덕분에 24번 버스를 타고 갈대와 늪의 섬 을숙도에
갔다.

지도를 한 장 얻고 싶어 섬 관리사무소로, 을숙도 이동파출소로,

환경단체 버스로 가봤으나 아무 데도 없다. 혹 팻말들에 뭔가 쓰여 있나 싶어 기웃거리며 걷는데 파출소의 당번이라는 분이 쫓아오며 부른다.

"아줌마! 이리 와보세요! 찾아보니 있네요. 이 정도면 괜찮겠습니까?"

을숙도의 넓이는 93만2045평. 서울 여의도만 할 것 같다고 생각했는데 아닌 게 아니라 90만 평인 여의도보다 조금 더 큰 셈이다. 을숙도는 상단부 22만4457평, 하단부 67만2057평으로 천연기념물 제179호다. 땡볕 아래 빙빙 돌아다니며 새들의 몸짓과 갈대들의 서걱거리는 소리에 잠시 빠져들기도 한다.

조금만 더 시원한 계절에 왔다면 나는 진종일 이곳에서 시간을 보냈을 것이다. 섬을 한 바퀴 빙 돌아보며 민물과 바다가 만나는 곳에도 가보고, 늪지에 발을 디뎌도 보고, 새똥도 밟아보고, 그리고 내가 모르는 조류의 세계도 만나봤을 것이다. 그러나 땡볕을 견디기란 쉬운 일이 아니었다.

다시 시내로 나오려고 을숙도와 사하구를 잇는 다리를 20분가량 걸으면서 보니, 철새들의 고향답게 새똥이 다리 난간과 바닥을 온통 뒤덮고 있다.

해운대에서 버스로 을숙도까지 1시간여, 하단에서 남포동까지 전철로 20분. 말로만 듣던 국제시장을 한 바퀴 빙 돌았다. 국제시

늪지와 철새들의 고향 을숙도.

남포동 국제영화제 거리(왼쪽)와 싱싱한 해산물로 가득한 자갈치시장.

장과 가까운 남포동, 광복동 또한 어지간히 듣던 이름이어서 가보
고 싶어 했던 곳이다.

　남포동의 국제영화제 거리를 그냥 지나칠 수는 없다. 시원한 대영
시네마에 들어가 양말, 등산화를 벗어 슬며시 옆에 놓고 〈사하라〉를
보며 지친 발과 몸을 쉬게 한다.

　〈사하라〉는 뜻밖에 재미있는 영화였다. 모험과 액션과 거기에다
재미까지. 톰 크루즈의 연인이었던 페넬로페 크루즈가 이 영화를

찍은 후 함께 주인공으로 출연한 매튜 맥커너히로 고무신을 바꿔 신었다고 하니, 할리우드 스타들은 인생이 참 재미있겠다. 변화무쌍해서.

이어 자갈치시장. 비릿한 냄새에서 펄떡이는 생선의 생명력이 느껴진다. 자갈치시장을 헤매지만 역시 나는 생선회 체질은 아닌 모양인지, 그냥 구경만 하고 지나친다. 자갈치시장의 오래된 모텔에서 묵은 옷들을 빨고 큰 대자로 누우니 천국이 따로 없다.

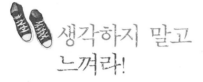

생각하지 말고
느껴라!

　　그제와 어제에 이어 오늘 아침에도 전화로
코칭을 한 시간씩 하느라 오전 10시 반 넘어 숙소 밖으로 나왔다.

　이미 밖은 불볕이다. 남포동 일대와 자갈치시장이 어느덧 활기에
차 있다. 영도다리 건너 태양을 이고 태종대로 향한다. 태종대까지
걷겠다고, 갈림길이 나올 때마다 지나가는 사람들에게 길을 물으
니, 역시나 걸을 만한 곳이 아니니 처음부터 차를 타라고 충고한다.
충고가 아니더라도 도저히 견디기 힘들다. 이렇게 자주 한계를 극
복하지 못해서야 어떡하나, 생각하면서도 택시를 잡아타고 만다.

　베르나르 올리비에가 《나는 걷는다》에서 자신이 절대 탈것에 의
존하지 않는 것은 사명이기보다는 습관이라는 말을 했다. 한번 쉬
운 길을 택하면 그 뒤로는 쉽게 포기하게 된다고 하더니, 국토순례
를 하는 도중 나는 자주 나의 한계에 굴복했다. 안타깝지만 이것 또

한 내 모습이니 다독이기로 한다.

태종대 일대 숲은 서울로 치면 남산 같은 곳이지만 절벽 아래로 보이는 망망대해로 인해 빌딩들이 바다를 대신하는 남산과는 사뭇 다르다.

태종대의 자살바위에는 30년 전에는 모자상밖에 없었다. 그러나 이제 그 자리에는 휴게소와 전망대가 있는 멋진 건물이 들어서 있고, 모자상은 그 건물 앞마당으로 옮겨져 있다.

"30년 전에 와보셨다면 자살바위 자리가 이젠 전망대가 된 점이 다를 겁니다."

택시 기사의 설명이다. 그리고 어느 한 지점에 내려주면서 설명을 덧붙인다.

"여기서 내려 계단 저 아래로 내려가 등대랑 조각들을 보세요. 참 좋습니다. 그리고 올라와 길 따라 죽 가시면 전망대가 나옵니다. 숲은 옛날 그대롭니다. 오히려 더 깨끗해지고. 바다를 바라보면 기분도 좋을 거라예."

울창한 숲 사이, 출렁이는 바다가 내려다보이는 간이 매점 밖 의자에 앉아 별 생각 없이 쉬는데 문득 맞은편 의자의 등받이에 쓰인 글귀가 눈에 띈다.

'Stop Thinking. Feel It!'

코카콜라 회사의 광고 문구가 적힌 빨간 의자에 놀랍도록 멋진 말이 쓰여 있다. 생각하지 말고 느끼라니, 바로 나에게 들려주는 말이 아닌가.

우린 자꾸 뭔가 생각하려 한다. 세상을 깜짝 놀라게 할 어떤 신기한 생각이 떠오르길 기대하며. 그러나 정작 우리의 생각을 점령하는 것은 대개의 경우 잡념일 뿐이다. 사랑에 푹 빠져 있다든가, 뼈아픈 실패와 좌절을 겪고 있다든가 하는 특이한 경우 외에는. 그러면서도 뭔가 생각하고, 뭔가 이루고자 하는 맘은 버릴 수 없다.

나폴레온 힐의 책 《생각하라! 그러면 부자가 되리라》에 인상적인 이야기가 하나 소개되어 있다.

미국의 골드러시 시대에 콜로라도 금광을 가진 데비라는 사람이 있었다. 그런데 한동안 채취되던 금이 어느 순간, 아무리 깊게 파도 더 이상 나오지 않았다. 데비는 채굴을 포기하고 채광 도구와 땅을 수백 달러에 팔아버렸다. 그러나 얼마 후 이런 얘기를 들었다. 그가 채굴을 포기한 곳에서 불과 1m 떨어진 지점에서 수백만 달러 상당의 금광이 발굴되었다는 것이다.

절대로 포기하지 말라는 뜻이기도 하고, 인생의 황금을 채굴하기 위해서는 그걸 얻기까지 무수한 고비를 넘겨야 한다는 얘기이기도 하다.

까마득한 절벽 위로 보이는 태종대 휴게소와 전망대.

우리는 어떤 한계에 부딪혔을 때 물러설 수밖에 없는 이유들을 자주 만들어낸다. 자신의 한계를 높이는 일, 이것이야말로 만물의 영장인 사람만이 할 수 있는, 해볼 만한 일 중의 하나가 아닐까?

오후 5시 50분 부산역에서 KTX를 타고 서울로 돌아온다.

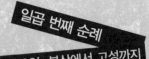

일곱 번째 순례

2005년 8월 30일~9월 3일, 부산에서 고성까지

남해안 구절양장 속에서 길을 헤매다

남해안으로 들어서면서 해안을 따라 걷는 일이 불가능해졌다.
구절양장과도 같은 남해안 도시들은 해안도로 자체가 없어
섣불리 접어들기가 조심스럽기도 하려니와,
그 길로 설령 접어들었다 해도 꼬불꼬불 돌고 돌아 걷다가는
내 살아생전에 국토순례를 끝마치기가 어려울 판이다.

완전히 헌신하면
하늘도 움직인다

어제 회사에서 이런저런 회의를 끝내고 오후 5시 15분 부산행 KTX에 올랐다. 부산역 부근에서 1박.

오늘은 지도상의 '신세계백화점'을 목표로 땡볕도 마다않고 부지런히 걸어 도착해보니 놀랍게도 '신세화백화점'이다. 지도에 분명 '신세화'라고 쓰인 것을 내멋대로 '신세계'로 읽어버린 것이다.

알고 보면 우리의 감각이란 얼마나 부정확한 것인가. 그런데도 내 눈으로 봤으니까, 내가 직접 들었으니까 확실하다고 믿어버리는 건 오만이 아닐까?

진해로 가기 위해 다시 한 번 을숙도를 통과했다. 을숙도를 지나 신석교를 건너니 그곳에서 길이 두 갈래로 나뉜다. 내륙으로는 김해, 해안으로는 진해. 지금 해안도시를 따라 전국을 일주하고 있으

벚꽃 가로수길이
돋보이는 진해 시내.

므로 당연히 진해 쪽으로 접어들었다.

부산을 지나 드디어 진해에서 밤을 맞는다. 낮에 친구와 통화하면서 "잘하면 오늘 밤에는 진해까지 갈 수 있겠다" 했는데 말 그대로 되었다. 정말이지 말은 내 입을 떠나면 이상한 힘으로 우주의 정기를 일으켜 그대로 되는 모양이다. 우리가 뭔가를 간절히 원하면 꼭 누군가 우리를 도와준다고 했다.

"인간이 자신을 완전히 헌신했을 때 하늘도 움직인다. 예전에는 발생하지 않았던 그 모든 일들이 그 사람을 돕기 위해 발생한다. 모든 것은 결심에서 시작되며, 이전에 그가 믿지 않았던 사건들이나 만남, 그리고 모든 물질적 수단들이 그에게 이익이 되고 일이 잘될 수 있도록 도와준다."

-W.H. 머레이(히말라야 탐험가)

8월 31일 │ 진해 _ 3만6592보

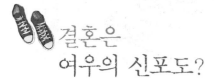

결혼은
여우의 신포도?

부산과 진해의 경계 마을인 용원동에는 웬 모텔이 이리 많은지. 게다가 모두 외양이 휘황찬란하다. 용원과 맞닿은 부산 쪽은 온통 공장지대. 나중에 보니 녹산국가산업단지다. 구획 정리가 잘된 수백 개의 공장이 한국 제2 도시 부산의 파워를 느끼게 한다.

해변길로 접어들기 위해 걷다가 '무궁화공원'이란 곳에 들르게 되었다. 봄철만 되면 진해의 벚꽃은 관광 상품이 되어 전국을 떠들썩하게 하는데, 우리나라 꽃인 무궁화는 같은 도시의 외딴 공원에 조용히 있을 뿐이다. 무궁화공원의 너절한 쓰레기 하며, 황량한 모습에 속이 팍 상한다.

8월 끝자락의 무더위가 만만치 않다. 매미 소리, 쓰르라미 소리, 새 소리, 풀벌레 소리 들으며 점점 경사지는 오르막길을 오른다. 저

166

아래로, 부산·진해 신항만 건설을 위한 대역사의 모습이 보인다.

진해에 접어들면서부터는 길 찾기가 영 어려워진다. 남해안으로 들어서면서 해안을 따라 걷는 일이 불가능해졌다. 구절양장과도 같은 남해안 도시들은 해안도로 자체가 없어 섣불리 접어들기가 조심스럽기도 하려니와, 꽤나 운치 있을 그 길로 설령 접어들었다 해도 꼬불꼬불 돌고 돌아 걷다가는 내 살아생전에 국토순례를 끝마치기가 어려울 판이다.

남해안 도시들의 내륙으로 난 지름길로 들어서기엔 갈림길이 너무 많다. 차가 많이 다니는 국도는 시끄럽고 지루할 뿐 아니라, 잠시 앉아 쉴 만한 그늘도 없다. 마침 용동1동 동사무소에 들렀으나 진해시 지도가 없다고 한다.

"몇 장 갖다놨으나 이내 없어졌다"는 것. 그런데 직원 한 분이 잽싸게 뛰어나와 테이블 유리 밑에 비치해둔 지도를 복사해준다. 지도는 제법 쓸 만하다. A3 크기의 지도가 완벽할 수는 없지만 이만하면 됐다 싶다. 지도상에 '웅천읍성'이란 곳이 표시돼 있어 가보고 싶었는데, 마침 다 읽은 책을 부치려고 들어간 웅천동 우체국 옆이 바로 '그곳'이다.

"손을 보지 않아 엉망입니다."

우체국 직원의 말 그대로, 알고 찾아가보지 않으면 그냥 지나쳐도 될 만큼 잡목과 낮은 집들 사이에 '좀 다른 담장' 정도의 모습으로 버려져 있다. 지도상의 두드러진 위치 표시가 무색할 지경이다.

태양은 오늘도 동쪽에서 서쪽으로 가는 나를 위에서 비추었다가, 앞에서 비추었다가 한다. 참으로 오묘한 자연의 이치 아닌가!!

진해시청 옆 자그마한 모텔로 들어오자, 주인아주머니가 방까지 따라오며 안타깝기 이를 데 없다는 표정으로 한 마디 한다.

"누구랑 같이 다니시지. 그래야 도란도란 얘기도 나누고 즐겁지, 혼자는 너무 쓸쓸하잖아요."

또 듣는 말이다. 하루 이틀도 아니고, 계획표가 미리 나온 것도 아닌 긴긴 항해에 어느 누가 동참할 수 있을까?

내가 다리 아파 쉬고 싶을 때 그는 더 가고 싶을 수도 있고, 내가 배고파 뭔가 먹고 싶을 때 그는 전혀 그렇지 않을 수도 있다. 내가 한낮의 땡볕을 피해 조용한 곳에 앉아 글 쓰고 책 읽고 깜빡 잠을 자고 싶을 때, 그는 한시라도 더 빨리 가고 싶을 수도 있다. 때론 내가 아무 말 없이 묵묵히 걷고 싶을 때 그는 사람 사는 게 그런 게 아니라며 수다를 떨고 싶을 수도 있다.

그러고 보면 몇십 년씩 같이 사는 부부라는 관계란 참으로 대단하다는 생각이 든다. 그렇게 완전한 운명공동체로 살아야 하는 일은 얼마나 어려울까?

'사랑은 동사'라고들 한다. 이해하고 용서하고, 의식적으로 선물하고, 시장도 같이 가고, 여행도 같이 가고, 상대의 말을 들어주고, 키스하고 안아주고, 사랑한다 말하고, 하는 것들이 사랑하는 사람들의 행동이라는 말일 게다. 어렵다, 어려워. 나의 혜안은 일찍이 그것을 간파했기에 이렇게 속 편한 싱글을 선택한 것이겠지?

나는 지금, 울 안의 딸 수 없는 포도를 바라보며 "저 포도는 실 거야. 틀림없이"라고 말하고 있다.

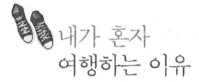

내가 혼자
여행하는 이유

드디어 9월, 올해가 가려면 아직 넉 달이나 남았다. 비가 억수로 쏟아지는데, 그래도 갈 길은 가야 한다.

어제 무궁화공원에서 잔뜩 속이 상한 터에 거리마다 넘쳐나는 벚나무를 보는 마음이 심히 착잡하다. 벚꽃, 무궁화꽃 따지지 말고 꽃을 그저 꽃으로만 보자. 단지 아름다움만 바라보자. 도심으로 접어들기 전의 한 마을에서 밭을 갈고 있는 할머니에게 해군사관학교 가는 길을 물었다.

"그기 뭡니까? 그런 기 여 있는강?"

참으로 속 편하게 사시는 분이다.

오래전 여성지 기자 시절, 고 최명희 작가와 함께 김우중 회장 부인을 인터뷰하러 간 적이 있다. 당시 김우중 회장은 기업가로서 뿐만 아니라 그의 저서 《세상은 넓고 할 일은 많다》로도 명성이 자자

하던 인물이었다. 그분이 사는 방배동에는 거의 모든 골목에 사설 방범초소가 있었다. 골목이 꽤 복잡해서 그곳에서 근무하는 한 분에게 물었다.

"김우중 회장 댁이 어디죠?"

"누구요? 김 뭐요? 뭐 하는 분인데요?"

그 동네의 방범대원만 아니었어도 그런 무심함이 신선해 보이기도 했겠지만 사실 우린 많이 놀랐었다. 내가 아는 것이 아는 것의 전부가 아니듯이, 내가 아는 것을 다른 사람도 알아야 할 필요 또한 없는 일이다.

진해는 해군의 도시다. 사진은 진해 군항에 정박 중인 향로봉함.

해군사관학교, 해군기초군사학교, 해군전투병과학교, 해군시설단, 해군작전사령부, 미고문단……. 진해는 모든 것이 해군으로 통하는 것 같다.

마산으로 가는 장복터널 앞 그늘진 길가에 퍼질러 앉아 먹다 남은 빵을 생수와 함께 먹었다. 터널을 지나면 마산과 창원으로 갈린다기에 열심히 걸어 터널 밖을 나와보니 웬걸, '어서 오십시오. 여기는 창원입니다' 라는 간판만 보인다.

아뿔싸! 마산 쪽으로 가는 굴은 따로 있었나? 조금 가다가 주유소 아저씨께 물었더니 한참 더 내려가야 마산으로 접어드는 길이 나올 거란다. 한 시간 이상 걸었을까, 다리 하나를 사이에 두고 창원과 마산이 갈린다.

건너편 터널 입구에서부터 앞서거니 뒤서거니 걸어온 아줌마가 자꾸 이것저것 묻는다.

"천리교 신자인가요?"

"아닌데요."

굴 속에서 한참 가다 다시 묻는다.

"그럼, 불교 신잔가요?"

"아닙니다."

그 아줌마는 주책없이 자꾸 묻는다. 길동무라는 말도 있으나 나는 이런 치근덕거림이 싫어 혼자 다니고 있다. 그렇게 한참을 걸었을까, 그 동안 파출소에 들러 길을 묻곤 하느라 시간이 꽤 지났건만 길가 벤치에 앉아 있는 내 옆에 그 아줌마가 다가와 앉는다. 마치 내 뒤를 쫓아온 것 같다. 그 아줌마는 사뭇 항의하듯 내게 묻는다.

"왜 아줌마는 내가 길 가르쳐준다는데 피하나요?"

"나는 일부러 지도를 보면서 길을 찾아다니거든요."

귀찮다는 표정을 역력히 드러내며 대꾸했다. 유독 친구 좋아하고 사람 좋아하는 나였지만, 이런 식의 만남은 질색이다.

어두워진 마산 시내를 한참 걸었다. 이곳에 한때 꽤 가까웠던 두 사람이 살고 있었다는 생각이 떠올랐다. 하지만 그냥 기억 속에 묻어버리면서, 세월과 함께 사람들과의 만남도 흘러간다는 생각을 하였다.

'한계에의 도전'은 아무나 하나?

어젯밤 너무 더워 잠이 드는 둥 마는 둥 하는데 요란하게 전화벨 소리가 울린다.

"손님은 세 시간 대여비만 냈는데 왜 여태 계십니까? 숙박을 하려면 돈을 더 내야 합니다."

시계를 보니 새벽 1시 35분. 지난밤 8시경에 들어왔고, 돈도 제대로 냈는데 웬 귀신 씨나락 까먹는 소리? 한바탕 항의를 하고 나서 자리에 누웠으나 잠이 오질 않는다. 혼란스런 맘으로 뒤척이다가 일찍 채비를 차리고 숙소를 나섰다.

마산시 지도 한 장을 얻기 위해 두 시간여를 걸어 시청에 도착해 보니 점심 시간이다. 10여 분쯤 기다렸을까, 밥 먹고 물도 못 마신 듯 담당 직원이 숨을 몰아쉬면서 달려와 미안하다는 말과 함께 몇 가지 지도를 보여준다. 덕분에 아주 맘에 드는 것을 한 장 얻을 수

문신미술관 건물 입구. 실내의 작품은 물론 미술관 외양도 빼어난 조형미를 보여준다.

있었다.

지도에 소개된 문신미술관에 들러 작품을 구경한다. 2300평의 넓은 언덕에 세워진 미술관은 프랑스에서 활동하다 귀국한 화가이자 조각가인 문신의 생전 작품들을 감상할 수 있는 곳으로 빼어난 조형미를 자랑한다.

평론가들로부터 "우주의 생명성을 대칭과 비대칭의 절묘한 조화를 통해 풀어내는 작가"라는 평을 들은 문신은 1988년 서울올

림픽 당시 25m의 기념 조형물을 건립해 우리에게도 잘 알려져 있다. 전시실을 둘러보다가 시원한 2층에 발을 쭉 뻗고 앉아 한참 쉬었다.

미술관을 나와 이른 저녁을 먹기 위해 밤밭고개의 '밤꽃향 그리움'이란 운치 있는 식당으로 향했다. 맛깔스러운 저녁을 먹고 모텔로 돌아와 지친 몸을 누이자 문득 나의 한계가 어디까지인지 도전해보겠다고 시작한 국토순례 본연의 취지가 무엇이었던가, 하는 생각이 물밀듯이 든다. 식당, 빵집, 다방, 슈퍼마켓에 들러 먹을 것 다 먹고, 마실 것 다 마시고, 저녁에는 깨끗한 모텔에서 편안한 잠을 자고……. 아무리 생각해도 이것은 한계에의 도전이 전혀 아니다.

도대체 인간의 한계는 어디까지일까? 나의 생각의 한계가 나의 한계라고 어느 날 다짐하지 않았던가?

이튿날 아침, 다음 주 목요일까지 걸어야겠다는 애초의 계획을 접고 상경했다. 발도 발이려니와 태양 빛이 너무 따가워 자외선과 직사광선으로부터 얼굴을 피할 도리가 없었기 때문이다.

서울에 와보니, 때맞춰 잘 왔다 싶은 일이 이메일에 들어와 있다. 아주 중요한 교육이 다음 주 중에 있고 빠지면 곤란할 수도 있는 한

컨퍼런스에도 참석하게 돼 다행이다. 애초의 무리한 계획이 잘못이었던 거다. 여유로운 맘을 갖자고 다시 한 번 다짐한다.

내 삶의 나침반 세우기

섬마을을 걷다 보면 소똥 냄새와 긴 소 울음소리에 익숙해지게 된다.
차를 타고 휙 목적지에 도착해버린다면 경험할 수 없는 것들이다.
그리고 이렇게 걷다 보니 좁은 대한민국이 한없이 넓게 느껴지기도 한다.
내 나라 땅을 어루만지는 것 같고,
그래서 사랑하는 마음이 더욱 더 커지는 것도 사실이다.

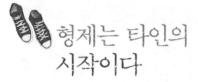

형제는 타인의
시작이다.

어젯밤 경남 고성에 도착했다. 넉 달 전 떠난 곳에서 여덟 번째 순례를 시작한다.

내려오는 길에 이것저것 많이 먹어서 이번 순례가 끝나고 나면 가뜩이나 토실토실한 몸매가 더욱 오동포동해질 판이다. 살빼기를 잘하는 사람들은 밥 안 먹을 일 생기면 신이 나듯이, 나는 먹을 구실을 찾으면 신이 난다.

고성은 참 조용한 도시다. 중심가를 조금만 벗어나면 거의 산간 마을. 그러나 고성 어디서나 공룡과 관련된 것들을 볼 수 있어 이곳이 공룡으로 유명하다는 것을 알 수 있게 해준다.

산들만 연이어 보면서 걷다가 달막동산에 이르러 지친 다리를 잠시 쉬기로 한다. 저 멀리 바다가 보인다. 동해의 아스라한 수평선과는 달리, 남해는 무릇 다도해. 섬 사이사이로 수평선이 보이는가 싶다가 이내 그 끝에도 섬이 걸려 있다.

길가에 즐비한 동백나무에 꽃망울이 주렁주 렁 맺혔다.

오늘은 그간의 추위가 무색하게 느껴질 만큼 날씨가 따뜻하다. 해를 등지느라 차도 쪽을 바라보며 앉다 보니 지나다니는 차들을 마주 보게 된다. 십 리에 차 한 대? 대낮이 아니라면 무시무시할 정도로 주변은 고요하다. 저 멀리 언덕배기에 색색의 지붕을 얹은 스무 채 남짓한 집들이 문득 반갑게 느껴진다.

햇볕에 탈까 봐 분첩을 꺼내 두드리는데 몇 대의 차가 지나간다. 차 안에서 혹 누군가 이 모습을 본다면 어이없어 웃게 생겼다.

'아니, 벌건 대낮에 저런 데 앉아 분단장 하는 사람은 누굴까?'

마냥 앉아 쉬고 있는데 경운기 한 대가 심하게 덜커덩거리며 지나간다. 사람을 보니 반갑다. 길가에 즐비한 동백나무에 꽃망울이 주렁주렁 맺혔다.

'곧 꽃이 필 모양이네?'

이 순례가 끝나면 내 마음속의 꽃나무에도 꽃이 피겠지.

레오 버스카글리아는 "인간에게는 누구나 걱정해주는 사람이 필요하다. 인간은 분명히 누군가의 보살핌을 받아야 한다. 인간은 사랑을 알아야 한다. 느껴주는 사람, 만져주는 사람, 사랑을 표현해주는 사람이 있어야 한다"고 말했다.

나를 완벽하게 걱정해주는 사람은 누구일까? 아니, 내가 완벽하게 보살펴줘야 하는 사람은 누구일까?

아버지는 돌아가시기 몇 년 전, 내게 이런 말씀을 곧잘 하셨다.

"일본 속담에 '형제는 타인의 시작이다'라는 말이 있다. 알지? 너희 형제들 다 너한테 잘하고 좋은 사람들이지만 너는 형제들의 짐이 돼서는 안 된다."

"알아요, 아버지. 형제들과 잘 지내되 절대 부담은 주지 않을 겁니다."

직장 생활이 삶의 전부였던 내가 직장조차 그만두고 황량한 들판에 혼자 서 있던 시절에 부모님께 자주 달려갔었다. 항상 마음이 시리고, 텅 빈 듯한 느낌을 그 무엇으로도 채울 길이 없어서였을 것이다. 그런 내게 아버지는 형제마저도 결국 타인이라며 정말 혼자 서야 한다고, 더 강해져야 한다고 말씀하셨다.

이제 두 분 다 떠나고 안 계시는 지금, 문득 그 말씀이 생각난다. 어떻게 하든 견고한 모습으로 혼자 설 수 있어야 한다고 다시 다짐한다.

변화에 적응하는 자만이 살아남는다

아침 7시 30분부터 1시간 20분 동안 코칭을
하는 바람에 오늘 국토순례는 9시가 훨씬 넘어 시작되었다. 먼저
어제 봐둔 우체국에 들러 책 한 권과 장갑 한 켤레를 집으로 부쳤
다. 추위에 놀란 모양인지 줄이고 줄인 배낭 속에 겨울 장갑이 두
켤레나 들어 있었다.

우체국을 나와 드디어 고성이 자랑하는 공룡박물관과 공룡 발자
국이 난 해안으로 발길을 돌렸다. 바위 위에 선명하게 찍힌 이상한
모양의 발자국이 고증에 의해 공룡 발자국이라고 판명된 것이란
다. 야트막한 언덕 위에 세워진 공룡박물관을 둘러보다 문득 찰스
다윈의 "끝까지 생존하는 종은 가장 강한 것도, 두뇌가 발달한 것
도 아니며 변화에 가장 잘 대처하는 것이다"라는 말이 생각났다.

공룡이 어느 한 순간에 이 지구상에서 사라진 건지, 아니면 점진

공룡박물관에 전시된 '슈노사우루스(위)'와 고성군 덕명리 공룡 발자국 화석지(천연기념물 제 411호), 인근 해변에 세워진 공룡 모형.

적으로 사라진 것인지는 분명치 않다고 한다. 다만, 그 거대한 몸집으로는 이 지구상에서 더 이상 살아갈 수 없게 되었는데도 새로운 환경에 적응하지 못하여 멸종되었다는 학설이 가장 일반적이다.

그래서 요즘엔 내실 없이 몸집만 불리거나, 변화에 대처하지 못하고 허둥대다가 어느 날 위기를 맞고 뒤뚱대는 기업을 가리켜 '공룡 같은 조직'이라고 빗대기도 한다. 실제 공룡이 들으면 기분 나쁜 소리일지도 모르겠다.

영화 〈쥬라기 공원〉이 생각난다. 스티븐 스필버그니까 만들어낼 수 있는 상상력의 극치를 보여준 영화. 한 사업가가 돈벌이를 위해 무인도에 6500만 년 전의 공룡을 재현시켜 '쥬라기 공원'을 세웠지만, 전기 담장을 빠져 나온 공룡들로 인해 사람들이 죽고 혼란에 빠진다는 이야기.

고성은 산악인 엄홍길을 낳은 고장이기도 하다. 나는 도전하는 사람을 좋아한다. 그것도 아주 극단의 한계에 도전하여 그것을 이루어가는 사람들을 항상 부러운 눈으로 바라본다. 내가 지금 이렇게나마 걷고 있는 것도 그런 삶이 존경스럽고 그들을 닮고 싶기 때문이다.

고성을 떠나 사천에 도착했다. 아, 내일 사천에서는 무엇을 볼 수 있을까? 이유 없이 가벼운 흥분을 느낀다.

작은 불빛 하나가
지친 나그네의 이정표 되다

작은 불빛 하나가 지친 다리를 이끌고 밤길을 걷는 사람에게 얼마나 큰 위안이 되는지, 오늘 난 참 좋은 경험을 하였다.

순례를 하면서 불문율처럼 지켜온 건, 가능한 한 해 넘어가기 전에 숙소에 든다는 것이었다. 이를 위해 다른 날보다 일찍 출발했으나 다섯 달째 시달려온 피부병 때문에 도저히 견딜 수 없어 사천 시내의 한 피부과 병원에 들른 데다, 삼천포와 남해를 잇는 삼천포·창선대교에 진입하는 길을 잘못 알아 빙빙 도느라 생각보다 많은 시간이 걸렸다.

삼천포·창선대교는 뭍과 섬을 잇는 하나의 다리가 아니라, 섬과 섬을 잇는 다섯 개의 다리가 죽 연결되어 있다. 게다가 다섯 개의 다리 모두가 다른 공법으로 만들어졌다.

섬과 섬을 지나 남해로 들어섰다. 근데 막상 걸으며 보니 남해는 그 형상이 지도에 나타난 것과는 매우 다르다. 한쪽엔 산이, 또 다른 한쪽엔 섬이, 그런가 하면 마을과 마을을 잇는 다리가 마치 미로 속을 헤매고 있는 것 같다. 지도에 표시된 지명이 하나씩 나타나곤 하는 게 그나마 내가 목적지로 향해 가고 있음을 알려준다.

오후 4시가 좀 넘자 해가 구름 속에 갇혔는데, 숙소는 보이지 않는다. 간간이 보이는 불빛을 따라 좀 더 가고, 좀 더 가고 하다가 결국 불빛이 유난히 반짝이는 곳을 목표로 걸어왔고 지금 난 그 숙소에 앉아 있다. 도착하고 보니 오후 6시 15분. 그리 늦은 시간도 아니다. 중간에 안전을 위한답시고 포기했다면 또 하나 후회할 일을 만들 뻔했다.

오늘 아침 나의 바람은, 좋은 피부과 병원을 만나는 것과 좀 빡빡하게 걸어도 덜 피곤하고 쾌적한 숙소에 드는 것이었는데, 그대로 되었다. 평범한 일도 새롭고 예기치 않은 것으로 느껴지며 모험처럼 보이는 것이 여행의 유쾌한 측면인지도 모르겠다.

내일부터는 나의 순례 일지를 좀 더 상세히 기록해야겠다고 또 생각을 고쳐먹는다. 상세한 기록 속에서 뜻밖의 일들이 꼬리를 물고 나타나는 수가 있으니까.

다산 정약용은 '저술할 때 유의사항'에 대해 다음과 같이 적고 있다.

경남 남해군 창선면과 사천시 삼천포항을 연결하는 삼천포 · 창선대교의 5개 교량 가운데
삼천포대교와 초양대교의 경관. 조명이 밤 바다를 화려하게 수놓고 있다.

……자질구레한 이야기들로 한때의 괴상한 웃음이나 자아내는 책이라든지, 진부하고 새롭지 못한 이야기나, 지리멸렬하고 쓸모없는 의론 따위는 한낱 종이와 먹만 허비하는 것에 지나지 않으니 차라리 손수 맛있는 과일이나 영양가 높은 채소를 심어 살아 있는 동안의 생활이나 넉넉하게 하는 것만 못하다…….

18년의 유배생활에서 500권이 넘는 책을 저술한 정약용의 따끔한 한 마디가, 새삼 가슴을 울리며 겸허해짐을 느낀다. 무엇을 남기고자 또 이리 적고 있는가?

괴테는 자신이 체험하지 않은 것은 하나도 쓰지 않았다고 했다. 그러나 체험한 대로 쓴 것도 하나도 없다고 했다. 떠오르는 생각과 체험한 것을 적되, 그 위에 상상력의 옷을 입혀 한낱 종이만 허비하는 일일랑 행여 없도록 하자.

12월 29일 │ 남해-서울 _ 3만6271보

내 삶의 나침반
'사명서'와 '지배가치'

　　　　　　　남해의 섬마을들을 걷다 보면 소똥 냄새와
긴 소 울음소리에 익숙해지게 된다. 차를 타고 휙 지나쳐버린다면
경험할 수 없는 것들이다. 그리고 이렇게 걷다 보니 좁은 대한민국
이 한없이 넓게 느껴지기도 한다. 내 나라 땅을 어루만지는 것 같
고, 그래서 사랑하는 마음이 더욱 더 커지는 것도 사실이다.

　남해의 버스터미널 커피숍에 앉아, 항상 수첩에 넣어 다니는 나
의 사명서와 지배가치를 검토했다. 사명서나 지배가치나, 개인이
스스로 지키고자 하는 헌법이라는 뜻에서는 같은 것이다. 나는 각
각 다른 교육을 통해 작성하였기에 둘 다 갖고 있는데, 사명서는 나
의 여러 역할들에 대한 태도를, 지배가치는 나의 가치관을 집중적
으로 정리했다.

　장자크 루소는 "인생은 두 번 태어난다. 한 번은 살기 위해서 태

어나고, 또 한 번은 사명을 깨닫고 사명대로 살기 위해 태어난다"고 말했다. 오스트리아의 정신과 의사이던 빅터 프랭클은 "사명서란 만들어내는 것이 아니고 자기 안에서 찾아내는 것"이라 했다.

나의 사명서는 다음과 같다.

사명서

나는 헌신된 기독교 신자로서, 매사에 하나님과 동행하며 그분의 도구로서의 삶을 산다.

나는 정직과 성실, 온유와 겸손을 삶의 최고 덕목으로 삼고, 내가 가진 유·무형의 자산을 이웃과 공유함으로써 이 땅에 사는 사람으로서의 의무를 다한다.

이의 실천을 위해 역할에 따른 나의 목적을 다음과 같이 구체화한다.

신앙인으로서: 기도와 말씀을 생활화하며, '보내는 선교사'가 되어 하나님의 지상명령을 이루는 일에 동참한다.

가족의 일원으로서: 가족 한 사람 한 사람을 위해 항상 기도하고, 조건 없이 사랑하며, 우리 모두의 삶이 보다 윤택해지도록 한다.

성도·친구로서: 하나님의 사랑 안에서 교제하며, 그들로 인해 나의 삶이 더욱 풍성해지도록 노력한다.

퍼실리테이터로서: 꾸준히 연구하고 계발하며, 모든 교육생이 진정한 변화를 이룰 수 있도록 최선을 다해 섬긴다.

코치로서: 진정한 경청자가 되어, 고객이 크게 발전할 수 있도록 진심으로 돕는다.

나 자신은:

1. 적게 먹고 많이 걸으며, 열심히 저축하고 미용에도 각별히 신경 쓴다.

2. 지속적으로 공부하며 배우는 자세를 유지한다.

3. 가능한 한 여행을 많이 한다.

4. 독서를 생활화하고, 좋은 저서들을 많이 남긴다.

어떤 분은 사명서를 명함 크기로 코팅해서 2년간 목에 걸고 다녔더니 나중에는 사명서가 자신을 끌고 가더라며, 놀라운 간증을 해 주었다.

벤자민 프랭클린은 27세에 13개의 지배가치—그는 이것을 덕목(Virtue)이라고 했다—를 작성하였다. 그는 매주 한 덕목씩 집중적으로 실천하기로 하고 실천 여부를 꼼꼼히 체크함으로써, 84세에 작고하기까지 거의 흠 없는 삶을 살았다. 13번째가 '겸손'인데, 그가 애초에 작성한 12개를 본 친구가 조언해서 집어 넣었다고 한다. 회

고록에서 프랭클린은 '나의 지배가치를 실천하면서 사는 삶이 너무 기뻐서 겸손해지기 어려웠다'고 고백하였다.

　나의 지배가치 역시 우연히 벤자민 프랭클린과 같은 13개인데, 옮겨보면 다음과 같다.

지배가치

1. 사랑하기: 하나님과 나라와 이웃을 사랑하자. 남을 판단하지 말고 있는 그대로의 모습으로 바라보자.

2. 말씀과 기도로 하루를 시작하기: 하루를 깨우고, 잠을 떨쳐내는 결단이 있어야 한다.

3. 적게 먹고 많이 걷기: 뚱보 탈출, 체질 개선, 걷기를 생활화하여 맑은 정신, 가뿐한 몸매를 계속 유지하도록 한다.

4. 말을 아끼기: 겸손한 사람이라는 인상을 주도록 하고, 남을 세우고 칭찬하는 말을 한다.

5. 집중력 기르기: 소중한 일에 몰두할 때 가능한 한 오래 버티도록 한다.

6. 염려·근심 안 하기: 해결될 문제라면 걱정이 없고, 해결 못할 문제라면 걱정을 말자(티베트 격언).

7. 절약하기: 수입보다 지출이 많지 않도록 하되 기분 좋은 지출에 흔

쾌해지도록 한다.

8. 겸손 : 하나님과 사람 앞에 자신을 낮추어 평온한 맘을 유지한다.

9. 온유 : 남을 대할 때 부드럽고 편안한 태도를 취하며, 나 스스로 그런 마음가짐을 갖는다.

10. 부지런하기 : 오늘 일은 오늘에, 오전 일은 오전에, 비 오는 날 일은 비 오는 날에, 갠 날 일은 갠 날에 어김없이 한다(정약용의 《유배지에서 보낸 편지》에서 인용).

11. 소중한 것 먼저 하기 : 내 꿈을 이루는 소중한 일에 우선순위를 두고 행하자.

12. 정직과 성실 : 내 삶의 제일 큰 덕목이다. 생각과 행동과 말을 일치시킨다.

13. 깨끗한 외모 : 나이가 들수록 더욱 정갈해 보이도록 신경 쓴다. 피부 손질 꾸준히, 옷차림은 세련되고 품위 있게.

살다가 몇 가지는 없애고 몇 가지는 추가한다든가, 혹은 고친다든가 하는 일이 있겠지만 일단은 내 맘에 드는 편이므로 이대로 지켜가고 싶다.

남해와 하동을 잇는 남해대교 앞 카페에 앉아, '거북선'이 너무 초라하게 모셔진 것에 약간 속이 상한다. 물론 거제, 통영, 해남, 여

남해시 해변에 있는 거북선. 멀리 남해대교가 보인다.

수, 진도 등에 충무공의 유품과 유적들이 잘 정리돼 있지만 거북선 주변의 으리으리한 모텔들과 찻집들을 보고 있자니 왠지 홀대받고 있다는 생각을 떨칠 수가 없다.

차라리 누구나 접근하기 쉬운 큰길가에 건물을 지어 모셔놓고 오가는 사람의 발길을 멈추게 하면 어떨까? 그리고 그의 《난중일기》를 그곳에서 팔고, 한쪽 벽에는 그의 애끓는 시조를 써 붙여놓는다면.

하동이다. 이번 길에 전라도 땅으로 발을 들여놓기를 바랐는데, 역시 나는 육신의 한계를 극복하지 못하고 적당한 곳에서 쉬고 만다.

'한 라운드 더 뛰어야 하는데…….'

그러면서도 다시 나를 다독인다.

'아직 여지는 많잖아? 누구하고 시합하는 거 아니잖아?'

나를 낳아주고 길러준 땅으로 가다

광양시 진상면 섬거리, 내가 태어난 곳으로 기억하고 있는 주소지다.
마침 면사무소 바로 뒤가 그 주소지다.
"이 담에 생가 복원할 일 있으면 이 일대 집들 중 하나를 사서 해도 되겠네요?"
면사무소 직원 분께 농담 삼아 한 마디 하고,
눈에 도장을 꼭 찍고 그곳을 떠났다.

화개장터에서
오빠를 추억하다

　　이제는 국토순례를 점차 흥분과 기다림으로
맞게 된다. '빨리 끝내야지. 그리고 다음 할 일을 또 찾아야지',
그러면서 한편으로는 서두르기보다 다음에 떠날 날을 기다리곤
한다.

　하동터미널 못 미쳐 버스가 화개장터에 잠깐 섰는데, 마치 중요
한 일이 생각난 듯 헐레벌떡 짐을 챙겨 버스에서 내렸다. 섬진강을
중심으로 구례와 하동이 마주한 곳. 버스가 이곳을 지나리라곤 미
처 생각조차 못하다가 서둘러 내린 건 문득 오래 전의 기억 하나가
불쑥 떠올랐기 때문이다.

　20여 년 전 여름, 부모님과 우리 남매 중 몇은 구례와 화개장터
에 왔었다.

　"섬진강 일대가 로렐라이 언덕보다 훨씬 더 아름답고 장관이야.

198

소설 《토지》의 무대인 경남 하동군 악양면 평사리 산기슭에 들어선 가상의 최참판댁.

너, 안 가면 후회할걸?"

사람들을 불러 모아 놀러가기 좋아하는 오빠가 한두 달 후면 연수차 독일로 가게 돼 있는 나를 살살 꼬시면서 한 말이었다. 덕분에 이곳에 와서 섬진강 주변의 장관을 보며 감탄한 적이 있었다. 까마득히 아래로 보이는 강줄기와 한가한 모래사장, 그리고 주변의 나무들, 그곳이 화개장터와 그 부근 어디쯤이었다.

그 오빠가 정년퇴임 후 얼마 지나지 않아 어이없이 세상을 뜨고 말았다. 몹쓸 암 덩어리가 몸 속에서 자라고 있는 것을 몰랐던 거다.

마침 설날이기도 하여 오빠네(아니, 올케네)에서 자고 오늘 아침 그곳에서 바로 출발한 것인데, 하필 그리움의 빛깔 같은 화개장터를 지나고 있지 않은가. 아침에 온갖 양념으로 버무린 주먹밥과 과일을 켜켜이 넣어 도시락을 싸준 올케언니의 외로움이 어느덧 내게 느껴지며 가슴이 아린다. 버스에서 내려보니, 20여 년 전 화개장터에 대한 기억은 도저히 되살릴 수 없을 정도로 많이 달라져버렸다.

한참을 걷다 보니 평사리 최참판댁으로 가는 이정표가 보인다. 21권으로 완간된 《토지》를 다시 읽으며, 이번 순례 중에 반드시 가보리라 했었는데 오늘 아주 절묘하게 들르게 된 것이다. 뜻밖의 수확이다. 우연의 일치! 일거양득!

좀 더 으리으리한 고대광실을 상상했던 터라 생각보다 본채가 그리 크지 않은 게 안타까웠으나 마을 주변 시설들까지 합하면 가히 어느 기념관 못지않은 규모다. 게다가 소설 속의 모습을 최대한 재현하려고 노력한 흔적이 역력했다.

최근엔 지방자치단체들이 현존 작가들의 생가 복원도 추진 중이라 하니 문학의 한류 진원지를 찾는 발길도 잦아지지 않을까 꿈꿔 본다.

산자락 아래 평화로운 마을,
나의 출생지

섬진강교를 건너 광양으로 넘어왔다. 섬진
강을 사이에 두고 하동과 광양을 연이어 보면서 묘한 차이가 있다
는 걸 깨달았다. 하동에서는 섬진강을 따라, 산자락 쪽으로는 식당
이, 강 쪽으로는 과일 장수가 자주 눈에 띄었던 데 반해 광양 쪽으
로 건너오자 식당이건 과일 노점상이건 가게들이 눈을 씻고 봐도
없다. 가게가 있는 곳에서는 나도 모르게 주머니를 열게 되더구먼.

광양시 진상면 섬거리, 내가 태어난 곳으로 기억하고 있는 주소
지다. 산과 밭이 많고 아주 간간이 집들이 옹기종기 모여 있다. 산
을 몇 바퀴 돌아 만난 첫 면사무소가 하필이면, 아니 다행스럽게도
진상면 사무소다.

"19XX년 음력 11월 보름, 내가 이곳 섬거리에서 태어났는데, 혹

광양 백운산 자락의 청매실농원 산책로에서 바라본 섬진강. 건너편엔 지리산과 하동이 펼쳐져 있다.

시 내가 태어난 집이나 아니면 그 인근을 좀 찾아볼 수 있을까요?"

"글쎄요……."

반신반의하면서도 아버지의 성함으로 찾아보니 내 이름이 거기에 있었다. 그런데 주소지 대장을 뒤져보니 그 주소지에 자그마치 24호까지 있다.

"다 집은 아니지요. 길도 있고……."

마침 면사무소 바로 뒤가 그 주소지다. 대여섯 가구가 산자락 아래 평화롭게 자리 잡고 있다. '내가 이곳에서 고고의 성을 울리며 세상에 나왔단 말이지.'

"이 담에 생가 복원할 일 있으면 이 일대 집들 중 하나를 사서 해도 되겠네요?"

친절하게 내 서류를 모두 복사해주고, 현장까지 안내해준 면사무소 직원 분께 농담 삼아 한 마디 하고 눈에 도장을 꼭 찍고 그곳을 떠났다.

허허로운 맘으로
본적지 찾아 헤매다

　　　　　　본적지를 찾아 광양 읍내를 걷고 있는데, 얼
마 전 형부를 잃은 둘째 언니한테 전화가 왔다.

"어디냐? 나도 같이 가면 안 될까?"

설날에도 혼자 있기 싫다 하여, 내가 올케네 가니까 그리 오라 했
지만 나와는 입장이 다른 터라 그것 역시 힘들어하던 언니. 가뜩이
나 더디게 걷고 있어 맘이 조급한데 언니가 사흘씩이나 곁에 있다
면 걷는 일은 거의 포기해야 할지도 모른다.

"금방 올라갈 거고, 언니가 나한테 보조 맞추기도 힘들 거야. 다
음에 기회 봐서 같이 오지, 뭐" 하며 거절했다.

언니에 대한 고마움을 생각하면 그래서는 안 되는 거였다. 한 번
쯤 궤도 이탈한다고 천지개벽이 일어나는 것도 아닌데. 마음 한구
석에선 '너무했나?' 싶기도 하다.

광양시 다압면 매화마을은 3월이면 하얀 꽃구름이 골짜기에 내려앉은 듯 매화꽃 세상을 이룬다.

광양읍 읍내리 ○○○번지. 오랫동안 우리 남매들의 본적란에 적혀 있던 주소다. 오늘 찾아본 그 일대는 아직도 옛 모습을 간직한 채 너무나 황량한 모습으로 남아 있었다.

그런데 옛날 우리 집인 것 같은 곳은 번지가 다르고, 번지가 같은 곳은 텅 빈 가게로 버려져 있고 안쪽엔 작은 건물이 들어서 있다.

가보지도 못한 출생지는 의외로 쉽게 확인했는데, 본적지를 찾느라 한참을 헤매는 내 마음은 허허로웠다. 지난 수십 년 동안 모든 것이 변했는데 이곳은 아무런 발전 없이 세월의 때만 더께더께 앉아 있는 듯했기 때문이다.

조용한 카페에서 오래도록 시간을 보내다가 내일 가게 될 순천과 가까운 곳으로 가서 숙소에 들었다.

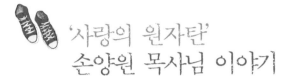

'사랑의 원자탄'
손양원 목사님 이야기

초등학교 시절엔가, 광양에서 순천까지 걸어다녔다. 1시간이 채 안 걸리는 거리였다. 그때 다니던 길 대신 오늘은 국도를 따라 순천에 입성했다. 내가 지나게 된 이곳은 순천의 신도시라고 한다. 가는 도중 식당에 들어가 진짜배기 설렁탕으로 점심 요기를 하고는 바로 여수로 접어들었다. 순천은 해안도시로 빠지기 위한 길목일 뿐이니까.

광양, 순천, 여수를 걸으며 산자락 아래 유난히 밭이 많다는 것을 알았다. 주로 외곽을 걷기 때문이었을 테지만, 좁아터진 서울에 사는 사람의 눈에는 정말 부러운 모습이다. 추수를 끝낸 들판에 군데군데 볏짚이 쌓여 있는 게 정겨워 보인다.

여수시 지도에서 생각지도 못했던 한 지점을 발견했다. 애양원.

207

'사랑의 원자탄'이라 불리는 손양원 목사님이 시무하셨고 순교당하신 곳. 가까운 주유소에서 택시를 불러 타고 들어갔다. 큰길에서 한참 들어가니 널찍하고 조용한 곳에 병원이 자리 잡고 있고, 좀 더 안쪽에는 교회와 애양원 기념관이, 바다 가까이에는 손양원 목사 기념관이 있었다.

애양원은 원래 한센병 환자를 위한 병원이었다. 소록도에 있는 병원보다 17년이나 앞선 1909년에 미국인 선교사가 지은 곳으로 지금은 한센병뿐 아니라 다양한 무료 시술과 골절 전문 병원으로 유명하다고 한다.

손양원 목사님은 1939년 7월 부임해서 1950년 9월 공산군에게 총살당할 때까지 제2대 애양원 교목으로 시무하셨다. 또 1948년 여순반란사건 때 그 지역 좌익들에 의해 두 아들이 무참히 살해당하는 참변을 겪으면서도 살인에 가담한 학생을 양아들로 삼음으로써 그리스도의 사랑을 몸소 실천하셨다.

기념관의 2층 전시실에는 손양원 목사 삼부자의 생애를 보여주는 사진과 유품이 있고, 1층 전시실에는 당시를 알 수 있는 손 목사 관련 사진과 설교 말씀을 적은 액자 등이 다양하게 정리되어 있다.

애양원 뒤 마을은 음성 나환자들의 정착촌이다. 애양원 측이 무상으로 땅을 내주어, 닭과 돼지 사육을 생업으로 삼아 자활하도록 돕고 있다.

날은 점점 어두워가는데, 곧 들어올 거라는 버스는 아무리 기다려도 오지 않는다. 들판길을 한참 걷다가, 다행스럽게도 그곳을 돌아 나오는 학원 미니버스를 얻어 타고 큰길까지 나올 수 있었다. 내일 돌아볼 여수를 생각하며 흥분의 밤을 맞는다.

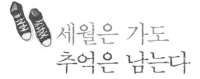

세월은 가도
추억은 남는다

　　여수는 육지와 면한 북쪽을 제외하고 몸통
전체가 바다에 면해 있다. 낮 최고기온이 영하로 뚝 떨어진 데다 바
닷바람까지 가세해 가히 겨울다운 맹추위지만, 마음속의 묵은 찌
꺼기들이 다 빠져 나가는 것 같아 오히려 상쾌하다. 바람과 혹한만
아니라면 걷기에는 겨울이 훨씬 더 좋다.

　　큰언니로부터 전화가 왔다. 바람 소리가 심하여 목소리가 잘 들
리지 않는다. 아직 문을 열지 않은 한 건물 입구로 들어가 간신히
몇 마디 나눴다. 식구들 안부를 전하면서 "조심해라, 조심해라!"는
당부를 거듭한다.

　　큰언니는 내가 부모님 집에서 독립해 나온 후, 철철이 먹을거리
를 챙겨 택배로 부쳐주곤 했다. 택배 박스를 열면 그 안에는 각종
김치며 손질된 생선, 들깨와 버섯가루를 넣어서 무친 갖은 나물들

이 봉지에 담겨 빼곡히 들어차 있곤 했다. 만약 내게 나 같은 동생이 있다면 언니처럼 그렇게 할 수 있을까?

해안도로도 잘 정돈돼 있고 다도해의 풍경도 아름답다. 굳이 오동도까지 가서 볼 것 없이, 바닷가를 따라 동백꽃이 만발해 있다.

바다가 내려다보이는 언덕 위 '로렐라이' 레스토랑에 앉아 식사를 하고 차를 마시며 책을 읽는다. 소설 《칭기즈칸》은 재미와 긴장감을 같이 주어 지루한 여행길에 활기 넘치는 동무 역할을 해준다. 책 띠지에 적힌 글이 인상적이다.

> 알렉산더도, 나폴레옹도 그가 정복한 땅을 넘어서지는 못했다! 인류 역사상 가장 넓은 땅을 지배한 인물, 검은 대륙의 표범, 칭기즈칸의 외침, "패한 곳에서 승리의 길을 찾으라."

사람들이 도전에서 물러서는 지점은 보통 99%의 지점이라고 한다.

> 에메랄드를 캐기 위해 자신의 모든 것을 버린 채굴꾼이 있었다. 그는 에메랄드 하나를 캐기 위해 5년 동안 강가에서 99만9999개의 돌을 깨뜨렸다. 마침내 그는 포기하기로 마음먹었다. 그런데 그 순간

은 그가 에메랄드를 캐기 위해 돌 하나만, 단지 돌 하나만 더 깨뜨리면 되는 순간이기도 했다.

파울로 코엘료의 《연금술사》에 나오는 얘기다. 그래, 다시 한 번 일어나보자.

여수중앙초등학교, 내가 1년간 다닌 학교다. 그리고 아버지가 1년간 교장으로 계셨던 곳이다. 학교 건물도 상당히 바뀌었고 학교 안에 있던 관사도, 그 옆의 우물도 모두 없어졌지만, 학교는 다정한 모습으로 그곳에 서 있다. 옛날 기억을 더듬으며 한참을 서성이다 돌아섰다.

학교를 나와 뒷길로 가면서 팥죽집에 들어갔다. 연탄불이 이글거리는 난로가에 앉아 팥죽을 먹으니 가히 꿀맛이다. 그곳을 나와 해변 쪽으로 향하는데, 몇 가지 기억들이 주마등처럼 스쳐 지나간다.

교회에 열심히 다니던 친구와 어느 해 크리스마스 때 가본 교회는 약간 높은 언덕배기에 여전히 그대로 있다. 해변가의 그 친구 집으로 가는 길은 내리막길이었다. 아주 부자였던 그 친구 집엔 항상 먹을 것이 많았고, 부모님은 딸의 친구들한테도 친절하고 자상하셨다.

지금은 진남관이 들어선 곳 주변 또한 내 기억 속의 한 장면으로 남아 있다. 잠시 눈을 감고 그 기억을 떠올려보고는 한참을 해변으로, 언덕으로 찾아다녔다. 그러나 내가 기억하는 그 친구 집은 끝내 찾을 수 없었다. 아마도 다른 건물로 바뀐 모양이다.

오늘 무척 애태우며 걸어다녔다. 어쩌다 꿈속에서라도 나타난 그 길은 흐릿하였는데, 아마 내게 그것들은 더 이상 찾을 수 없는 것, 이제는 잊어도 되는 것일지도 모르겠다.

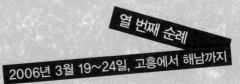

열 번째 순례

2006년 3월 19~24일, 고흥에서 해남까지

농협이 쉼터 되는
소박한 마을들

가도 가도 넓게 펼쳐진 들판이 풍요롭고 아름답지만
길 가는 나그네에겐 운치 있는 카페 하나쯤 있다 해서 어디가 덧나나 싶다.
'논두렁에 카페라……',
검게 그을린 농부들을 바라보며 별 속없는 생각을 다 하는구나 싶다.
그러나 가끔 만나는 농협들이 아주 좋은 쉼터가 된다.

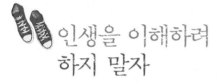 인생을 이해하려
하지 말자

요즘 들어 자주 막막하다는 생각을 한다. 온
몸에 불이 붙은 듯 활활 타오르는 갈증이 있는 것도 아니면서 애써
시간을 만들어 걷고, 낯선 지역의 모텔에서 혼자 잠을 청하는 일을
하고 있다. 그것도 지속적으로, 꼬박꼬박.

그냥 이런 시간 자체에 의미를 부여하고 즐기자, 하면서도 몸에
맞지 않은 옷을 걸치고 거리를 활보하는 것처럼 공허하고 답답할
때도 많다.

더구나 오늘 낮 교회에서 우리 반 학생인 진규(가명)에게 상처를
입힌 뒤라 더욱 우울하다. 왜 나는 좀 더 부드럽고 따뜻하게 아이들
을 대하지 못하는 것일까? 왜 내 기준에 그들을 맞추려 하고, 까닭
없는 엄격함으로 그들을 바로잡으려 할까? 내게 야단을 맞은 진규
가 공과 공부 도중에 휙 나가버리자, 다른 아이들이 내게 집단 항의

를 해왔다.

"지난해 선생님은 진규한테 맞아주기까지 하셨어요."

"가정에 약간 문제가 있는 것 같은데, 그렇게 상처를 주시면 어떡해요?"

"선생님 의도는 좋지만 사랑으로 감싸주시면 안 돼요?"

"은아(가명)도 오늘 전화가 안 돼요. 두 번이나 전화했는데 안 받아요."

은아는 예배 시간에 핸드폰으로 문자 메시지 보내고 있는 걸 기어이 못하게 했더니 몇 주째 나오지 않고 있다.

물론 대개는 그들을 이해하고, 이야기를 들어주고, 그들의 화젯거리에 나도 관심을 갖는다. 같이 영화도 보러 가고, 어느 해에는 아이들이 고3임에도 한 달에 한 번씩 장애인 시설로 봉사하러 가기도 했다.

그러면서도 어느 순간, 당연히 미성숙할 수밖에 없는 그들의 태도에 욱하는 마음이 생기곤 하는 것이다.

서울에서 오후 3시 반 출발, 소록도가 코앞에 보이는 고흥의 녹동항에 8시 반에 도착했다. 진규와 은아의 일 때문에, 그리고 나의 성숙되지 못한 행동 때문에 이번 순례는 조금은 괴롭고 무거운 마음으로 시작한다.

'인생은 이해하기 위해 있는 게 아니라 살기 위해 있는 것'이라고 했던가? 정말 이해할 수 없는 것 투성이인데, 바로 그 도저히 이해할 수 없는 것들로 인해 몸부림치기도 한다. 마음을 비우고 흘러가는 대로 살자.

3월 20일 | 고흥 _ 3만8727보

천형의 땅 소록도에서
죽음을 기억하며

　　　　　　　녹동항에서 소록도까지는 배로 5분. 출퇴근
하는 사람들과 병원 업무, 물자 수송 등 때문인지 꽤 큰 배가 다닌
다. 뱃길 너머 연륙교가 건설되는 모습이 보인다. 2년 후면 완공이
라니 그때가 되면 이 배는 없어지겠지.

　이른 아침에 찾은 소록도 해수욕장은 고즈넉하다. 모래사장의 해
송 사이를 거닐며 문득 수년 전, 앞서거니 뒤서거니 돌아가신 부모
님 생각이 난다. 평소 참새같이 작은 몸짓으로 별 요구 없이 소심하
게 사시던 아버지는 생의 마지막 2개월을 특급 병실에서 7남매의
극진한 보살핌을 받으며 편안하게 임종을 맞이하셨다.
　아버지께서 입원하실 때 의사는 2개월 정도 사실 것이라 하였고,
우리는 최선을 다해 간호했다. 자식들의 정성스러운 간병을 받다

소록도의 한센병원. 비록 환자들이 있는 곳이지만 주변 환경은 그림처럼 아름답다.

돌아가신 아버지에 비해, 어머니는 쓸쓸하게 마지막을 보내셨다. 아버지가 돌아가신 지 몇 달 후 치매와 중풍이 같이 들이닥쳐 노인 병원을 전전하셔야 했다.

물론 자식들이 차례를 정해 매일 가긴 했으나 자식을 잘 알아보지도 못하는 엄마 옆에 긴 시간을 같이 있어주는 자식은 많지 않았다. 어느 날엔가는 한참 나를 쳐다보시더니 느닷없이 "김대중이 각시한테 가서 잡비 타서 써라. 내가 말해놨다" 하셨다. 어머니의 영혼 깊은 곳의 염려가 본능의 힘을 빌려 그렇게 말씀하셨을 것이다.

점점 기력이 떨어지고 의식이 흐려지시더니 어느 날 새벽에 병상에서 혼자 눈을 감으셨다. 엄마가 쓰러지기 서너 달 전 뇌종양으로 쓰러졌던 오빠는, 엄마의 임종도 모른 채 엄마가 떠난 두 달 후 세상을 떠났다.

이 조용한 곳에서 사랑하는 세 사람의 죽음을 떠올리게 된 건, 아름다운 바닷가를 낀 섬의 다른 편에서 천형을 이고 쓸쓸히 살아가는 한센병 환자들 때문일 것이다.

중앙공원에 갔더니 소녀 시절 감동받았던 한하운 시인의 시비와 함께 널따란 바위에 '보리피리'가 새겨져 있다.

보리피리 불며 봄 언덕
고향 그리워 피—ㄹ 닐니리.
보리피리 불며 꽃 靑山
어린 때 그리워 피—ㄹ 닐니리.
보리피리 불며 인환(人寰)의 거리
인간사 그리워 피—ㄹ 닐니리.
보리피리 불며 방랑의 기산하(幾山河)
눈물의 언덕을 지나 피—ㄹ 닐니리.

가족과 고향으로부터 강제 격리되고, 마침내 같은 병을 가진 환자들과 함께 살게 된 운명. 거리를 떠돌다가 '어찌 내 인생이 떠도는 구름이 되었는가' 하여 이름조차 하운(何雲)으로 바꾸었다 한다. 그래선지 애끊는 마음과 애꿎은 처지가 가슴 절절하게 시에 녹아 있다.

관리사무소에 들러 한하운 시집이 있는가 물어봤더니, 주문해놨는데 아직 도착하지 않았다고 한다. 대신 이청준의 소설 《당신들의 천국》 모델이 된 조창원 전 소록도 병원장의 시집만 있어 한 권 샀다.

젊은 시절 월간지 《신동아》에 연재되었던 《당신들의 천국》을 매달 눈 빠지게 기다리며 감동적으로 읽었던 기억이 나 감회가 새롭다.

소설의 배경이 마침 소록도라 그랬을 것이다. 한센병 환자들을 병원장과 대치시켜 환자들의 소외감과 피해의식, 그리고 천국을 이루고자 하는 갈망, 그것을 이용하여 자기의 명예를 챙기는 인간 사이의 갈등을 그린 소설이라 가슴 졸이며 읽었었다.

이청준은 초등학교 시절, 소록도에 소풍 왔다가 깨끗하고 잘 가꾸어진 직원지대와 삭막한 환자지대를 보며 깊은 인상을 받았다고 한다. 그 후 《조선일보》 이규태 기자의 '소록도의 반란'이라는 오마도 간척사업 현장르포를 읽고, 그 기사를 바탕으로 얽히고 설킨 갈등을 소설 속에 그려냈다. 실제의 기자를 작품 속의 '이정태' 기

자로 담아냄으로써, 그가 모티브로 삼은 기사에 대한 보답도 한 셈
이다.

소록도 중앙공원 예수님상 앞에서 내 안의 상처와 아픔, 두려움,
염려, 근심, 불안, 초조, 미움, 원망, 분노……, 이 모든 것 제발 좀
다 가져가주십사고 간절히 기도했다.

가끔은 나를 위한
사치가 필요하다

국토순례를 시작한 지 1년하고도 4개월째다. 오늘은 주로 차편으로 이동했다. 가끔씩 느끼는 순례 이틀째 특유의 허탈감이 엄습해왔기 때문이다.

고흥은 유자가 유명한가 보다. 도처에 사진과 광고 입간판으로 자랑이 이만저만이 아니다. 고흥 읍내를 걸으며 오늘은 나를 위한 사치를 부려보자는 생각을 했다. 아마 어제부터 슬슬 그런 생각을 하고 있었는지도 모르겠다.

고흥 읍내에서 버스를 타고 보성으로 건너와, 보성 시내에서 다시 버스로 율포해수욕장으로 갔다. 안내서에서 그곳에 해수녹차탕이 있다는 이야기를 읽었기 때문이다. 탕 안에 앉아 창밖으로 바다를 바라보며 온몸이 녹작지근해지도록 피로를 풀고, 휑하던 가슴을 덥혔다.

224

유자로 유명한 고흥. 기분 탓일까? 거리를 걷다 보니 바람결에 유자 향이 실려 있는 듯하다.

가끔은 이런 궤도 이탈이 무료한 걷기에 윤활유 역할을 하기도 한다. 오늘은 마치 유람 다니는 사람같이 행세했다.

3월 22일 | 보성-장흥 _ 3만3769보

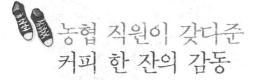

농협 직원이 갖다준 커피 한 잔의 감동

어제 여유를 부린 탓에 오늘은 꽤 많이 걸었다. 보성에서 장흥까지 국도를 따라 걷는 길은 몹시 한적하다. 가끔 검게 그을린 사람들이 경운기를 타고 가거나 농기구를 들고 걸어간다. 등이 굽거나 다리가 휘어 있는 농부들을 보며 자연과 땅과 다투며 힘겹게 사는 그들 앞에서 나는 정말이지 숙연해질 뿐이다.

유달리 널따란 논과 밭, 멀리서 가까이서 보이는 높고 낮은 산들. '아, 자연경관이란 바로 이런 건데. 굳이 산 속으로, 바닷가로 찾지 않아도 이렇게 공짜로 무한대로 아름답게 펼쳐져 있는데…….'

"아줌마, 어디까지 가시요? 버스가 있어라."

"그냥 걷는데요?"

"천 원뿐이 안 헌디, 시상에……."

한참 더 가다가 만난 아주머니는 장바구니를 들고 황급히 큰길

226

로 와서는 멋쩍게 웃으며 혼잣말인 듯, 나 들으라는 듯 주섬주섬 말한다.

"뭘 하나 깜빡 잊어갖고 시장에 또 간다요."

"네, 그래요?"

"근디 아줌니는 그라고 한하고 걸으요?"

"네."

내 모습에 용기를 얻었는지 그 아줌마도 씩씩하게 내 뒤를 따라 걷더니 이내 휭하니 나를 앞지른다. 1000원밖에 안 하는 버스요금을 아끼려는 것이기도 하겠지만 시골 사람들 한두 시간 거리쯤 걷는 건 문제도 아니다.

안양면 농협에 들러 소파에 앉아 지도를 보고 있는데, 직원이 커피까지 한 잔 갖다준다. 뜻밖의 대접이다. 고객과 직원들이 마치 가족이나 친척들처럼 다정해 보인다. 그래도 길 가는 나그네에게, 청하지도 않은 공짜 커피는 감동을 준다.

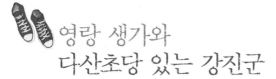

영랑 생가와
다산초당 있는 강진군

컴퍼스가 워낙 짧은 탓인가? 종일 걷느라 발이 부르틀 정도지만 만보기는 항상 기대 이하의 수치다.

"아짐씨 걸음걸이로 봐서 40분은 족히 걸리겠소. 걸어오시는 거, 차 끌고 오면서 봤거덩요?"

다산초당을 3km 정도 남긴 지점, 조그만 가게에 들러 라면을 시켜놓고 기다리는 내게, 둘러앉아 얘기 나누던 무리 중 한 아저씨가 말을 건넨다.

오전에는 영랑 생가에 들렀다. 10년쯤 전에 친구들이랑 왔었건만 다시 와보고 싶었다. 강진 읍내에 있기 때문인지 오고 가는 사람들의 발길이 끊이지 않는다. 볏짚으로 지붕을 올리는 게 이만저만 어려운 일이 아닐 텐데 강진군이 군내 문화재 보존을 위해 각별한 정

영랑 생가 앞에 핀 모란.
한 달 정도 일찍 간 탓에
모란은 보지 못하고
동백나무만 보고 왔다.

성을 들이는 것 같다.

영랑 생가 뒤로 거목이라 불릴 만큼 우람한 동백나무 너댓 그루
가 알차게 꽃을 피우고 있다. 꽃잎이 깔린 뒷마당을 걸으며 이런 집
에서 살아도 좋겠다 싶었다.

"다음 달쯤 오면 모란이 핀 것을 보실 수 있을 텐데요."

영랑 생가 앞 전통찻집 여주인의 말이다. 테이블이 두 개밖에 없
는 아주 작은 찻집. 내 생전 처음으로 신발을 벗고 들어가 발 뻗고
앉아 차를 마셨다.

"아야, 니가 이 아짐씨 좀 모셔다 드려라."

내가 느림보로 걷는 것을 봤다는 그분이 한 젊은이에게 도저히
안 되겠다 싶었는지, 나를 다산초당 입구에까지 모셔다 드리라고

한다. 덕분에 저물어 가는 해 때문에 은근히 걱정하던 차에 그곳까지 한걸음에 갈 수 있었다.

다산초당은 쉴 새 없이 닥치는 관광객들로 심산유곡이 고적하지 않다. 자신은 유배지인 이곳에서 고적하게 살았겠지만, 고고한 학자의 발자취에 많은 사람들이 찾아든다.

200여 년 전, 이 깊은 산 속에서 도대체 무얼 먹고 무얼 입으며 살았을까? 그리고 어떻게 500여 권의 책을 쓸 수 있었을까? 베트남의 국부 호치민 서가에 꽂혀 있더라는 《목민심서》. 살아생전 어느 누구보다 베트남 국민들의 존경을 받았다는 그가, 닮고 싶은 사람 중 한 명으로 꼽았다는 우리의 학자 다산 정약용.

오래전 한국 모 대통령의 해외 순방 때 있었던 에피소드가 생각난다.

'비행기 내의 대통령 집무실에 《목민심서》 눈길 끌어……' 라는 기사를 실어달라는 '보도지침'이 있었다. 기자가 기사를 작성하는 게 아니라, 독재자의 수하들이 써서 신문사에 하달한 것이다. 웃어야 할지, 울어야 할지. 그때 그럴 수밖에 없었을까? 허망한 마음으로 웃음을 지으며 가는데 한 할머니가 다가오며 묻는다.

"아줌마, 내일이 일요일이요?"

내일은 금요일이다. 그 할머니에게 일요일은 어떤 의미가 있을까. 뭘 알고 싶으셨을까.

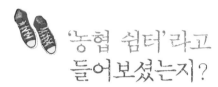

'농협 쉼터'라고
들어보셨는지?

길을 넓히기 위함인가. 강진 · 해남국도 옆으로 흙을 돋우고 있는 널따란 길이 있어 걷기에 무척 편하다. 쌩쌩 달리는 차도로부터 조금 떨어져 걸을 수 있으니 애써 차를 조심할 필요도 없고.

어제 장흥 · 강진간 길도 운 좋게 한적한 지방도로를 이용할 수 있어서 편했다. 군과 군을 잇는 경계선엔 돌에 글씨를 새긴 작은 표시가 있을 뿐이다. 강원도 지방에서 거대한 현수막을 사이에 두어 떠나는 쪽과 보내는 쪽의 거창한 구호를 적어놓은 군계가 떠오른다. 작은 나라 안에서 여러 모양을 볼 수 있어 참 좋다.

봄볕엔 며느리를, 가을볕엔 딸을 들에 내보낸다는데, 봄볕의 따가움이 만만찮다. 챙 넓은 모자를 썼다지만 얼굴에 부딪히는 햇살이 신경 쓰인다. 그러나 맑은 공기와 무공해 햇볕으로 내 몸은 한층 정갈해지리라.

가도 가도 넓게 펼쳐진 들판이 풍요롭고 아름답지만 길 가는 나그네에겐 운치 있는 카페 하나쯤 있다 해서 어디가 덧나나 싶다. 동해안에 그 무수히 많던, 이름도 멋지고 분위기도 좋은 그런 카페 말이다.

'논두렁에 카페라……', 검게 그을린 농부들을 바라보며 별 속없는 생각을 다 하는구나 싶다.

한 가지 다행스러운 점은 읍이나 면 단위의 농협들이 아주 좋은 쉼터가 되어준다는 것이다. 고흥, 장흥, 강진, 그리고 해남에서도 실내는 깨끗하고, 직원들은 친절한 데다 물과 차를 얻어 마실 수 있고 쉴 만한 소파도 있어 감지덕지다.

해남의 옥천 농협에서 셀로판테이프를 빌려 너덜너덜해진 전라남도 지도를 꼼꼼히 붙였다. 몇 개월 전 전남도청 홍보과에 전화로 요청했더니 여러 종류의 지도와 안내 책자를 보내주었다.

농협 소파에 앉아 《월간 산》을 뒤적이며, '다음 번엔 백두대간 종주를 한 번 해봐?' 하며 야무진 꿈도 꾸어본다.

서두르지 않고 유유히 걷는 자에게 지루한 길은 없고,
참을성 있게 착실히 준비하는 사람에게 성공이 멀다는 법은 없다.

어느 대학 산악부에 걸린 액자 속의 글이라고 한다.

새벽은 새벽에 눈뜬 자만이 볼 수 있다.
새벽이 오리라는 것을 알아도 눈을 뜨지 않으면 여전히 깊은 밤중일
뿐이다.

옥천 농협은 화장실에 걸려 있는 말까지도 그럴듯하다.
"아니, '한눈에 반한 쌀'이 바로 이곳 옥천 농협 쌀이라고?"
엄마가 돌아가시기 전 내게 가끔 추천해주는 것들이 있었다. 그
중 쌀은 바로 이 '한눈에 반한 쌀'이었다. 오랜 삶의 경험을 통해
얻어진 감식안으로 전해준 말씀이라, 가능하면 엄마가 알려주신
것들을 사서 쓰곤 했다. 그러나 생산지까진 미처 보지 못했는데 바
로 이곳 농협에서 출하한 것이었다.
흐뭇한 마음으로 한참 앉아 있다가 나왔다. 10분쯤 걸었을까, 길
가의 이정표가 강진 방향을 가리키고 있다.
'어라? 오던 길을 되돌아 가고 있잖아?'
나의 지독한 길눈 어둠증이 드디어 크게 도졌다. 만약 좀 더 가다
가 이정표를 발견했더라면, 내 발바닥이 나를 떼어놓고 가겠다고
했을지도 모르겠다.
우여곡절 끝에 해남에 들어서니 모든 이름에 '땅끝'이란 말이 붙

해남군 땅끝마을 인근 보리밭에서 보리밟기를 하는 어린이들. 멀리 다도해의 수많은 섬들이 펼쳐져 장관을 이룬다.

어 있다. 해남의 중심가에 도착했을 땐 아직 날이 밝아 영화나 한 편 볼까 했더니, 놀랍게도 상설 극장이 없단다. 가끔 요일을 정해 영화를 보도록 한다나? 인구 약 9만 명의 도시에는 채산성이 맞지 않는 걸까, 아니면 목포와 광주가 그리 멀지 않으니 대처에 나갈 때 보고 오라는 말일까?

예전에 취재 차 왔을 때 들러 식사를 한 '천일식당'을 물어물어 찾아갔다. 주변은 싹 바뀌어 기억이 안 나나 납작한 한옥에, 두 사람이 상을 들고 방으로 들어오는 것은 여전하다. 반찬 수를 세어보

니 26가지. 80년의 전통을 자랑하며 며느리로만 3대째 대물림되고
있다 한다.

버스터미널 근처에서 쉰다. 내일 새벽에 서울로 가야지. 내 집이
있는 그곳으로.

다도해 경치에 반하고
우리 가락에 취하고

진도는 소리와 서화 등 많은 전통문화를 체험할 수 있는 곳이다.
거기에다 소치 허유, 미산 허형, 남농 허건, 그리고 임전 허문 등
4대에 걸쳐 전통남화를 이끌어온 운림산방과
서예의 대가 소전 손재형 선생 기념 미술관이 있다.
손재형 선생과의 각별한 인연 때문에
소전미술관엔 반드시 가봐야겠다고 생각했다.

1.4km?
이제 내겐 코끼리 비스킷

       어제 저녁 느지막하게 해남에 도착, 오늘은 일찍부터 서둘러 순례를 시작한다.

  아침부터 줄곧 가는 비가 내린다. 806번과 827번지방도로엔 벚꽃이 만발해 있다. 고산 윤선도의 유적지로 꺾어드는 길목에서 보니 그곳까지 1.4km란다. 길 가다 어디쯤인지 알고 싶어 묻기라도 할라치면 너나없이 "큰길에서 너무 머니 택시 타세요" 한다. 1.4km 정도라면 이제 내겐 코끼리 비스킷이다.

  야트막한 산자락 아래 녹우당을 비롯해 자그마한 고택들이 옛 문인의 발자취를 전한다. 고산의 《산중신곡》 중 '오우가'는 이곳 부근에서 지었다고 한다. 오우는 고산이 벗하며 살았다는 물, 돌, 소나무, 대나무, 그리고 달 다섯 가지를 말하는 것이다.

내 벗이 몇인가 하니 수석과 송죽이라.
동산에 달 오르니 그 더욱 반갑구나.
두어라, 이 다섯밖에 또 더하여 무엇 하리.

구름 빛이 좋다 하나 검기를 자주 한다.
바람 소리 맑다 하나 그칠 적이 하노매라.
좋고도 그칠 때 없기는 물뿐인가 하노라.

꽃은 무슨 일로 피면서 쉬이 지고
풀은 어이하여 푸르는 듯 누르나니
아마도 변치 않음은 바위뿐인가 하노라.

더우면 꽃이 피고 추우면 잎 지거늘
소나무야 너는 어찌 눈서리를 모르느냐.
지하의 뿌리 곧은 줄을 그것으로 아노라.

나무도 아닌 것이 풀도 아닌 것이
곧기는 뉘 시키며 속은 어이 비었느냐.
저렇고 사시에 푸르니 그를 좋아하노라.

작은 것이 높이 떠서 만물을 다 비치니
밤중의 광명이 너만 한 이 또 있느냐.
보고도 말 아니하니 내 벗인가 하노라.

완도로 가기 위해 걷는 827번지방도로는 두륜산 자락에 있는 모양이다. 길 옆으로 계곡과 저수지가 절경을 이루고, 바람 소리, 물소리가 길 가는 나그네의 귀에 싱그럽게 들린다.

언제부터인가 안개로 인해 한 치 앞도 안 보인다. 좀 쉬어야 더 오래 걸을 수 있을 텐데 도무지 쉴 곳이 없다. 오늘따라 농협도 눈에 띄지 않는다. 드물게 작은 공원이 있긴 하나, 그 역시 궂은 날씨를 피할 곳은 아니다.

가랑비에 속옷 젖는 줄 모른다고 했지. 세우에 젖은 의자는 휴지 몇 장으론 닦을 수 없을 만큼 물이 흥건하다.

해남의 들판과 산야는 드물게 아름답다.

"해남의 해안선은 휴전선보다 길어요. 휴전선 길이가 155마일인데, 해남의 해안선은 165마일입니다. 해남의 농지는 강원도 전체의 농지보다 넓고, 두륜산의 케이블카는 전국에서 승차 길이가 가장 길어요."

북일면 시외버스정류장 마트의 주인아저씨는 아는 것도 많다.

"우리 신랑은 관광 가이드로 일해도 되겠어. 모르는 게 없어."

아무리 봐도 남편이 대단해 보이는지 아내가 자랑스레 한 마디 거든다.

"완도는 209개 섬으로 이루어졌어요. 요 앞의 작은 섬도 썰물 때는 걸어갈 정도로 가까운데 그것도 완도에 속해요."

완도 지도를 보니 아니나 다를까, 고흥, 장흥, 강진, 해남에 더 가까운 섬들도 모두 완도에 딸린 섬이란다. 지도만 봐서는 구별해낼 수 없는 진실이다. 그러나 너무나 요긴하게 나를 도와주던 그 지도를 잃어버렸다. 지난번 옥천 농협에 앉아 셀로판테이프로 꼼꼼히 붙인 그 지도다.

이전에도 몇 번 지도나 노트를 잃었다가 다시 찾곤 했다. 어디에선가 걸으면서 메모하는 수첩을 떨어뜨렸으나 다행히 바로 몇 발자국 되돌아갔더니 거기에 있었고, 한번은 식당에 두고 나왔더니 주인아줌마가 들고 뛰어와 건네준 적도 있었다.

북일에서 남창까지 버스로 이동했다. 184m의 남창교와 560m의 완도대교를 건너 완도로 들어왔다.

4월 12일 │ 완도-해남 _ 5376보

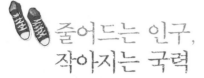

줄어드는 인구,
작아지는 국력

　　　　　완도는 어딜 가나 〈해신〉이다. 영화나 드라
마의 세트장으로 지어진 곳은 그대로 그 지역의 관광자원이 되곤
한다. 최인호의 원작 소설 《해신》을 바탕으로 만들었다는 드라마
〈해신〉은 주인공 장보고의 고향인 완도 청해진이 배경이다.

　장보고의 이름과 성, 고향까지 모든 게 불분명하지만, 몇 줄밖에
안 되는 기록을 바탕으로 방대한 소설을 써낸 최인호의 저력이 놀
랍다. 그리고 거기에 그림을 입힌 드라마의 힘 또한 대단하다.

　그런데 어떻게 이런 절경을 찾아냈을까? 바다가 있고, 절벽이 있
고, 파도가 바위에 부딪히는 풍경까지는 흔히 볼 수 있는 것이지만,
이곳에 재현된 역사의 한 장면으로 인해 그 풍광은 더욱 거듭났다
는 느낌이다.

　〈해신〉 세트장이 있는 소세포항에서, 보길도로 가는 배를 타기

드라마 〈해신〉 촬영지인 청해포구.

위해 간 화흥포항까지 조용한 논길을 따라 걸었다.

　보길도. 고산 윤선도가 서울을 떠나 제주도로 가는 길에, 빼어난
경관에 취해 주저앉고 말았다고 전해지는 섬이다. 세연지와 세연
정을 비롯한 이곳은 윤선도가 풍류를 즐기며 시문을 썼다는 곳. 바
로 '어부사시사'가 지어졌다는 곳이기도 하다.
　인근의 고산문학체험공원에는 '어부사시사' 중 봄의 시는 연두

영화 〈서편제〉와 드라마 〈봄의 왈츠〉 촬영지인 완도의 청산도.

색, 여름은 파란색, 가을은 노란색, 그리고 겨울은 흰색 패널에 쓰여 냇가 주변에 빙 둘러져 있다. 냇가에 이렇게 세워져 있으니 지나는 사람 누구나 볼 수 있어 좋다.

되돌아 나오는 길에 대나무 숲에서 바람에 흔들려 나는 대숲 소리에 흠칫 놀란다. 그러면서 이야기 하나가 떠오른다.

적령기 딸을 둔 한 아버지가 있었다. 그는 대나무 숲으로 딸을 데리고 가, 그 딸에게 이렇게 주문했다.

"이 대나무 밭을 지나는 동안, 가장 굵고 튼튼해 보이는 대를 꺾어 밭 저쪽으로 나와라. 단, 조건이 한 가지 있는데 절대 뒤돌아갈 수는 없다."

그 딸은 대밭으로 들어가자마자 그야말로 아주 크고 튼튼해 보이는 대가 있어 꺾으려 했다. 그런데 바로 조금 앞에 훨씬 좋아 보이는 게 있어 그냥 지나쳤다. 그러나 막상 가까이 가 보니 이전 것만 못했다. 그러나 되돌아갈 수는 없는 일. 좀 더 가고, 좀 더 가봐도 역시 마찬가지. 결국 딸은 처음 것과 비교해 그다지 좋지 않은 대나무 하나를 꺾어 들고 나왔다.

살면서 보니 우리네 삶도 그런 것 같다. 저 너머에 무엇이 있을까 하며 손에 쥔 것을 내팽개치고 쫓아가보지만, 그것은 가슴에 허망함만 남기고 떠나는 신기루 같은 것이 아니던가? 내가 떠나보낸 수없이 많은 만남과 기회, 그리고 또 그 무엇도!

고산 유적지를 돌아 나오는데 작은 수레를 끌고 가던 한 촌부가 말을 걸어온다.

"동천석실이 진짜로 좋은디. 20분만 가면 돼요. 올라가면 안 내려오고 싶을 것이요."

땅끝으로 가는 배 시간 때문에 아쉬운 발길을 돌린다. 아닌 게 아니라 보길도 안내 팸플릿에도 '윤선도는 동천석실을 부용동 제일의 절승이라 하여 정자를 짓고 부용동을 바라보면서 시가를 읊었다고 한다'고 돼 있다.

배를 타기 위해 선착장으로 가는데 중학생들이 학교에서 쏟아져 나온다.

"애들아, 너희 학교 학생은 몇 명이니?"

"88명이요."

인구가 약 3000명이라는데 중학생만 돼도 읍내로, 대도시로 나가는 '대한민국 특유의 교육열'에도 섬에 88명이 남아 있다는 얘기에 반가운 마음이 들었다. 국력은 곧 인구수인데, 정부 수립 후 내내 주장한 건 산아 제한 구호였다.

공장 하나 세우는 것보다 아이 한 명 더 낳는 게 진짜 애국인 시대가 되었다. 괜히 가슴이 탄다.

보길도에서 배 타고 땅끝마을로, 다시 버스로 해남읍으로 나와 이곳에서 쉰다. 하루 종일 바닷바람 쐬느라 얼굴이 짭짤해진 것 같다.

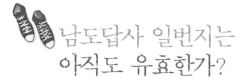

남도답사 일번지는
아직도 유효한가?

해남읍에서 진도가 마주 보이는 울돌목까지
9시간 30분 정도 걸은 것 같은데 만보기의 숫자는 의외로 인색하
다. 3만 보를 넘지 못했다니!

해남은 군으로 두기엔 정말 크고, 볼거리도 꽤 많다. 대흥사란 거
대한 사찰, 한국 지도상 육지의 끝이라는 땅끝, 한국 문학사에 우뚝
솟은 고산 윤선도의 유적들.

1980년대에 나는 여성지 기자로 이곳에 취재를 왔었다. 그때 땅
끝마을은 다도해를 바라보는 한가하고 아담한 마을이었다. 그리고
야트막한 산 위의 자그마한 누운 돌에 토말(土末)이란 글자 하나가
새겨져 있을 뿐이었다.

그런데 개발의 이면에는 언제나 어두운 그늘이 있게 마련. 이제

땅끝마을은 고즈넉함을 잃은 거대한 관광지가 되어 있다. 유홍준은 《나의 문화유산답사기》에서 강진·해남을 문화유산 답사의 제일 앞에 놓은 이유를 이렇게 적고 있다.

국토의 최남단, 전라남도 강진과 해남을 《나의 문화유산답사기》 제1장 제1절로 삼은 것은 결코 무작위의 선택이 아니다. 답사라면 사람들은 으레 경주, 부여, 공주 같은 옛 왕도의 화려한 유물을 구경 가는 일로 생각할 것이며, 나 또한 답사의 초심자 시절에는 그런 줄로만 알았다.

그러나 지난 20년간 내가 답사의 광(狂)이 되어 제철이면 나를 부르는 곳을 따라 가고 또 가고, 그리하여 나에게 다가온 저 문화유산의 느낌을 확인하고 확대하기를 되풀이하는 동안 나도 모르는 사이 여덟 번을 다녀온 곳이 바로 이 강진·해남 땅이다.

강진과 해남은 우리 역사 속에서 단 한 번도 무대의 전면에 부상하여 화려한 스포트라이트를 받아본 일 없었으니 그 옛날의 영화를 말해주는 대단한 유적과 유물이 남아 있을 리 만무한 곳이며, 지금도 반도의 오지로 어쩌다 나 같은 답사객의 발길이나 닿는 이 조용한 시골은 그 옛날 은둔자의 낙향지이거나 유배객의 귀양지였을 따름이다.

사실 나의 표현에서 지역적 편애라는 혐의를 피할 수만 있다면 나는 '남도답사 일번지'가 아니라 '남한답사 일번지'라고 불렀을 답사의 진수처인 것이다.

　오늘은 종일 숙제를 하듯, 어제 주로 버스와 배를 타느라 걷지 못한 걸 만회하기라도 하듯 해남 땅을 어두워질 때까지 걷고 또 걸었다. 밤이 되면 시골길은 왜 그리 으스스하고 무섬증이 드는지. 쉴 곳을 찾지 못해 걷는 시간이 더 길어졌다. 조금만 더 가면 진도대교가 있고, 그 너머가 진도지만 이곳 해남 우수영(울돌목)에서 순례를 접는다. 새삼 이부자리가 깨끗한 숙소에 고마운 마음이 든다.

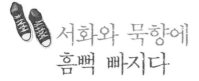

4월 14일 │ 진도-서울 _ 8,131보

서화와 묵향에
흠뻑 빠지다

진도는 소리와 서화 등 많은 전통문화를 체험할 수 있는 곳이다. 강강술래, 남도들노래, 진도씻김굿, 진도다시래기 등 중요무형문화재와 진도북놀이, 진도만가 등이 자주 한바탕 신명을 터뜨리는 모양이다.

거기에다 소치 허유, 미산 허형, 남농 허건, 그리고 임전 허문 등 4대에 걸쳐 전통남화를 이끌어온 운림산방과 서예의 대가인 소전 손재형 선생 기념 미술관이 있다.

진도대교를 넘어서자마자 우렁차게 들리는 진돗개 소리. 진돗개 영농조합 입구에는 '한 번 주인이면 평생 주인'이란 슬로건이 걸려 있다.

소전 손재형 선생님과의 짧지만 각별한 인연 때문에 소전미술관에 들렀다. 건물은 잘 지어졌고, 깔끔하게 정리돼 있다. 시린 마음으로 한 시대를 풍미한 서예 대가의 발자취를 더듬어보았다.

李稔子孃淸玩

如良金美玉

癸丑年黃花節素筌

(이임자 양 맑게 감상하시오. 당신은 좋은 금과 아름다운 옥과 같소이다.

계축년 황화절에 소전 씀.)

  기자 시절 선생의 집에 글을 받으러 여러 차례 다니면서, 특별히
내 이름을 넣은 멋진 글도 한 편 받았다. 지금은 석파랑이란 한식집
으로 바뀐 세검정의 고풍스런 한옥이었다.

  다리도 쉴 겸, 옛 생각도 하면서 천천히 묵향을 음미했다. 간송
전형필과 함께 사재를 털어가며 문화재를 사들였는가 하면, 본인
말대로 '남자로서 정치에도 뜻이 있어' 국회의원도 두 번 하셨고,
예총 부회장도 역임하셨다. 시간 때문에 아쉬운 발걸음을 뒤로하
고 미술관을 나온다.

  괴테는 로마를 여행하는 중 내내 그림, 건축, 식물, 그리고 인체
연구에 관심을 갖고 몰두하곤 했다. 그리고 틈틈이 자신의 작품들
을 완성하는 일도 게을리하지 않았다.

진도의 운림산방.
소치, 미산, 남농, 임전 등 4대에 걸쳐
전통남화를 이끌어온 본거지로
전도연, 이미숙, 배용준 주연의 영화
〈스캔들〉을 촬영한 곳이기도 하다.

매일같이 보고 또 보는 일에 시간을 쓰지만, 예술이란 삶과 같은 것이다. 즉 깊이 들어가면 들어갈수록 점점 더 넓어지는 것이다. 예술이라는 하늘에서는 헤아릴 수 없이 많은 새로운 별들이 계속 나타나서 나를 곤혹스럽게 만들고 있다.

괴테는 미켈란젤로와 레오나르도 다빈치, 그리고 라파엘로의 그림에 관심을 갖고, 틈 나는 대로 그들의 작품이 있는 곳을 찾아다녔다.

시스티나 성당의 천장벽화인 '천지창조'를 좀 더 가까이 보기 위해 좁고 불편한 복도에서 옹색한 자세를 취하는 것도 마다하지 않았다.

그는 미켈란젤로에게 어지간히 반한 모양이다. 한 동향인과 산책하면서, 미켈란젤로와 라파엘로 가운데 누가 더 뛰어난가를 놓고 논쟁을 벌였는데 그는 미켈란젤로, 동행인은 라파엘로 편이었다. 결국 그들은 레오나르도 다빈치에 대한 공통된 칭찬과 함께 논쟁을 끝냈다고 한다.

기록을 보면 진도엔 230개의 섬이 있다. 그 중 153개는 마치 새떼처럼 섬이 흩어져 있다 하여 조도라 한다. 일명 '모세의 기적'이라 하는 신비의 바닷길까지 합하면 진도의 비경은 가볍게 여길 일이 아니다.

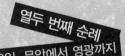

자유로운 영혼으로
천국 같은 도시를 서성이다

다이아몬드가, 고급 자동차가, 호화 주택이,
그리고 모든 명품이 세끼 밥 다음이 아니던가.
정말 소중한 것들이 농촌의 들판에서 아무런 원망 없이
도시 사람들을 바라본다. '그래, 철딱서니없이 굴어라.
우리가 어쨌든 끝까지 이 땅을 지켜주마' 하며.

창조성 일깨우는
아침의 글쓰기

해질녘, 목포 시외버스터미널에 도착해 무
안의 장부마을까지 걸었다. 저녁인데도 길이 환하여 마치 백야 같
다. 꼭 무언가 있을 것 같은 설렘. 누군가와 손잡고 산책하듯 이 길
을 걸으면 어떨까, 하는 생각도 잠깐 해본다.

주로 책이나 신문 등을 통해서이지만, 글쓰기 재주가 전혀 없다
고 생각했던 사람이 뜻밖의 좋은 글을 써서 인정을 받게 된 얘기라
든가, 전혀 몰랐던 재능이 뒤늦게 발휘되어 작가로 성공한 사람들
의 이야기를 들으면 귀가 쫑긋해진다.

'작가 겸 연출가이고 창조성을 일깨우는 강사'인 줄리아 카메론
은 그의 책 《아티스트 웨이》에서 아침의 글쓰기(모닝페이지)야말로
우리 속의 창조성을 일깨우는 기본 도구라고 일러준다.

여기서 '모닝페이지'란, 간단히 말해 매일 아침 생각나는 대로 자유롭게 3쪽 분량의 글을 쓰는 것이다. '모닝페이지'는 일기나 작문도 아닌, 누구에게 보일 필요도 없는, 그래서 잘 쓰거나 잘 못 쓰는 것이 전혀 문제되지 않는 두서없는 이야기일 뿐이다. 글을 잘 쓰고 싶은데 적당한 방법을 찾지 못하는 사람들이 시도해볼 만한 방법이다.

나는 나이나 인생살이에 관계없이 예술을 직업으로 삼든, 취미나 꿈으로 여기든, 창조성을 일깨우려는 노력은 결코 늦었거나 이기적이거나 어리석은 일이 아니라는 사실을 믿게 되었다.

동감이오!! 자기 안의 무한한 가능성을 일깨우는 일, 어느 날 아하! 하는 깨달음을 얻었을 때의 환희!

아르키메데스가 순금과 합금의 차이를 몰라 골몰하던 중 목욕탕 물이 자기 몸무게만큼 흘러 넘치는 것을 보며 "유레카!" 했다는 얘기, "왜 나는 샤워 도중에 최고의 아이디어가 떠오를까?" 했다는 아인슈타인, 고속도로를 운전할 때 최고의 아이디어가 나온다는 영화감독 스티븐 스필버그, 그리고 사과나무 아래 누워 중력의 법칙에 골몰해 있던 뉴턴에게로 떨어진 한 알의 사과…….

모두 다 '우연한 발견', '아하!' 하는 그 어떤 것들이다. 물론 평

소에 꾸준히 노력하고 고민하다가 우연한 순간에 이런 깨달음들이
오는 것일 게다.

> 질문 : 제가 피아노를 칠 때쯤이면 몇 살이 되는지 알기나 하세요?
> 대답 : 물론 알고 있어요. 하지만 그것을 배우지 않아도 그 나이를
> 먹는 것은 마찬가지죠.

줄리아 카메론이 던지는 명쾌한 충고다. "그 일을 하기에는 나이
가 너무 많아" 혹은 "이젠 머리가 너무 굳었어" 하는 분들이 음미해
볼 만한 말이 아닐까?

그녀에 의하면, 위대한 창조주는 우리에게 창조성을 선물했는데,
그것을 활용하는 것만이 보답하는 길이라는 것이다. 특히 친구들
때문에 시간을 낭비해서는 안 되는데, 부드럽게 그러나 단호하고
확고하게 행동해야 하며, 친구를 위해서 우리가 해줄 수 있는 최선
의 길은 자신의 창조성을 회복하여 그들의 본보기가 되는 것이라
고 조언한다.

자비심이
인간을 치유한다

　　　　　무안을 출발, 함평에 도착했다. 5월인데도 벌써부터 더워 자주 지친다. 그늘진 곳만 있으면 어김없이 널브러져 쉰다.

　사실은 바로 이 맛이다. 쉴 만한 곳이기만 하면 그곳이 차도 옆의 좁은 인도건, 작은 공원이건, 정자건 그냥 주저앉아 물 한 모금 마시고 하늘 한 번 쳐다보고, 마음속에 기와집 몇 채 지었다가 헐고 다시 짓고 하는 이 맛. 쌩쌩 달리는 차가 분위기를 조금 깨기도 하나 그 또한 때론 친구가 되기도 한다.

　함평 군내 중심가의 한 자그마한 공원에 앉아 쉬는데, 주변에선 온통 선거 얘기다. 그러고 보니 오늘이 지방자치단체장 선거일이다.

　종교분쟁으로 사람이 죽는 나라까지 있는 데 비하면 한국은 겉으로는 점잖아 보이는 면도 있다. 그러나 정치적인 이슈만 나왔다 하

259

함평나비축제 행사장 입구에 자운영과 유채, 무꽃으로 만든 초대형 나비 모양 꽃밭.
어린아이들의 재잘거림이 나비가 윙윙거리는 것처럼 들린다.

면 옳고 그름이 따로 없고, 네 생각 내 생각이 따로 없다. 때론 자기가 싫어하는 후보와 상대편 지지자에 대한 감정은 증오에 가깝기까지 한다. 그런 면에서는 무서운 나라다.

함평은 나비의 도시다. 군내의 모든 상징물이 나비 모양이다. 함평의 관문에, 버스 정류장에, 그리고 가로등에 나비가 앉아 있다.

천혜의 하천인 함평천과 인근의 늪지는 나비라는 생명체가 조화를 이루며 날아다니기에 아주 적합해 보인다. 나비축제가 열리는 첫날, 이날을 위해 모아 기르던 나비를 대거 풀어 날아다니게 하는 등 함평천 변의 여러 공원과 체험장에선 다채로운 행사가 열린다고 한다.

> 우리가 지구에 보내져 수업을 다 마치고 나면 몸은 벗어버려도 좋아. 우리의 몸은 나비가 되어 날아오를 누에처럼 아름다운 영혼을 감싸고 있는 허물이란다. 때가 되면 우리는 몸을 놓아버리고 영혼을 해방시켜 걱정과 두려움과 고통에서 벗어나 신의 정원으로 돌아간단다. 아름다운 한 마리의 자유로운 나비처럼 말이야.

호스피스운동의 선구자이자 정신과 의사인 엘리자베스 퀴블러 로스가 암에 걸린 아이에게 보낸 편지의 한 구절이다. 《인생수업》,

《상실수업》, 《생의 수레바퀴》 등의 저서를 쓰기도 한 그녀는 스위스대학에서 의학을 공부하던 시절, 자원봉사자로 폴란드에 가 있으면서 그곳 마이다네크 수용소의 벽 곳곳에 온통 나비가 그려져 있는 것을 보았다.

'왜 나비일까?'

수수께끼가 풀린 것은 그로부터 25년이 흐른 후 뉴욕과 시카고 병원에서 호스피스 활동을 하며 환자들을 돌보고 있을 때였다.

스스로도 유체이탈 등 다양한 신비체험을 하면서 그녀는 인간의 몸은, '나비가 되어 날아오르는 번데기처럼 영혼을 감싸고 있는 허물'임을 확신하기에 이르렀다. 수용소에서 죽음을 눈앞에 둔 포로들도 그녀처럼 '영혼의 영생'을 알고 있었고, 나비 그림을 통해 자신들의 영혼이 언젠가 고통의 허물을 벗고 나비처럼 날 것이라고 생각하였던 것이다.

엘리자베스는 죽음에 직면한 환자들을 거의 매일 만나면서 자비심이 거의 모든 것을 치유한다는 점을 알게 되었다. 그녀는 훌륭한 의사란 해부, 수술, 처방과는 아무런 관계도 없으며 의사가 환자에게 줄 수 있는 가장 큰 도움은 스스로 너그럽고 친절하고 섬세하고 애정 어린 인간이 되어주는 것이라고 했다.

이는 의사가 되려는 사람들이 마음속 깊이 새겨두어야 할 말이 아닐까.

엘리자베스 퀴블러 로스의 일련의 저서들이 내게 준 충격은 대단한 것이었다. 내 몸을 감싸고 있는 어떤 허물이 벗어지는 느낌을 받기도 했고, 유체이탈이나 임사체험 같은 것을 해보고 싶다는 열망을 가져보기도 했다. 인간이라는 피조물은 이 땅에 왔다가, 살다가, 그냥 떠나는 것보다 훨씬 영적인 존재라는 것도 알게 되었다.

'논은 쌀 공장 그 이상이란다'

 무척이나 덥다. 발에 잡힌 물집도 장난이 아니다. 올 여름엔 또 얼마나 더우려나? 동해안의 그 많던 카페도, 남쪽 지방의 농협 간이 의자도 서해안 지방에선 눈을 씻고 찾아봐도 없다. 경운기를 타고 가는 한 젊은이에게 길을 물었다. 길을 알려준 그가 의아스럽다는 듯 내게 물었다.

"어디서부터 걸으셨소?"

"함평에서부터 걸었는데요."

"어디까지 가시요?"

"영광까지 가는데요."

 나이 지긋한 여자 혼자 이 땡볕에, 이 한적한 곳에서 길을 물으니 궁금하기도 했겠다.

 농촌은 지금 모내기가 한창이다. 찰랑대는 논에 어린모가 가지런

265

히 심겨진 모습을 보니 가슴이 뛴다. 식량 안보. 아직도 이 땅, 이 넓은 들판엔 누렇게 익은 보리밭이 지천이고 양파, 마늘이 산더미같이 쌓인 곳이 많다. 그리고 머지않아 논으로 옮겨질 모판의 모종까지 파릇파릇하게 하늘거리고 있다. 저것들이 여름의 땡볕을 받으며 자라 가을이면 누렇게 익고 생명의 양식이 된다.

다이아몬드가, 고급 자동차가, 호화 주택이, 그리고 모든 명품이 세 끼 밥 다음이 아니던가. 정말 소중한 것들이 농촌의 들판에서 아무런 원망 없이 도시 사람들을 바라본다. '그래, 철딱서니없이 굴어라. 우리가 어쨌든 끝까지 이 땅을 지켜주마' 하며.

'신나는 아이들'이란 웹사이트에서 보내온 글 한 토막을 옮겨본다.

우리나라의 논은 약 110만ha인데 거기에 가둘 수 있는 빗물의 양은 36억 톤. 춘천댐의 최대 저수량 1억5000만 톤의 24배나 된다. 논 덕분에 홍수 피해를 줄이는 효과를 돈으로 따져보니 연간 1조5800억원. 이걸 댐을 지어 대체하려면 약 15조원이 필요하다. 게다가 논에 가둬놓은 물의 45%가 지하로 내려가 식수 등 물 문제를 해결해준다. 논의 지하수 저장 능력은 기존 저수지를 모두 합친 것의 3~4배. 이는 소양강댐 저수량의 8.3배이며 전 국민 수돗물 사용량 연 58억 톤의 2.7배다.

한여름 전국의 논에서 대기로 증발되는 물의 양은 약 8천만 톤으로 뜨거운 대기의 온도를 낮추는 데 큰 도움을 준다고 한다. 논이 쌀을 만들어내는 용도 외에 이렇게 큰 환경적 가치를 품고 있다는 걸 아는 사람은 과연 몇이나 될까.

그야말로 논은 쌀 공장 그 이상이며 생명줄 그 이상이다. 마침 눈에 보일 듯 말 듯한 작은 가게가 있어 음료 한 병 사 마시며 묻는다.

"밥 좀 사 먹고 싶은데 가까운 데 없나요?"

"저 고개만 넘어가보시씨요. 거기 있어라. 근디 그렇고 배가 고파요?"

가게 주인아줌마는 오전에 밭에 갔다가 배가 고파 점심 한 술 뜨러 왔다며, 이내 빵 두 쪽을 꺼내 딸기잼을 듬뿍 발라준다.

"딸기는 친정엄마가 직접 길러서 갖다준 것이고 잼은 내가 만들었어라. 빵도 어저께 남편이 먹고 남은 것이어라. 오래전 것 아니요잉?"

반색하며 받아 먹는 동안 그녀는 자식 자랑이 한창이다. 큰딸은 대학 나와 경상남도에서 특수학교 교사로 일하고 있는데, 얼마나 착실하고 부모를 살뜰히 생각하는지 효녀가 따로 없단다.

막내딸은 명문대를 나왔는데 지난해 학교에서 추천받아 캐나다 여행도 다녀왔단다. 원래 1등에게만 1개월간 주어지는 특혜였는데, 1등과 2등이 모두 취직이 됐거나 다른 이유가 있어 3등인 자기 딸이 다녀왔고, 졸업하자마자 K생명 본사에 취직됐다고.

"큰딸은 시골이라 2000만원짜리, 작은딸은 서울이라 4000만원 짜리 원룸을 얻어서 살고 있어요. 작은딸은 벌써 애인이 생겨 자꾸 부모 보이려 내려오겠다고 하는디 내가 못 내려오게 허요. 벌써 뭔 결혼한다고 그러는지 모르겠어라."

아들도 군대 갔다 와서 복학했다는데 아무래도 맘이 더 쓰이는가 보다. 누나나 여동생처럼 좀 대차게 굴었으면 좋겠는데, 앞으로 어떻게 살지 걱정이 되는 모양이다.

적당히 배를 채우고 나와 30분쯤 더 걸었는데도, '저 고개만 넘으면 있다'던 식당은 나타날 기미가 보이지 않는다. 세 배는 더 걸었을까, 작은 마을이 나타났다. 가는 날이 장날이라고 먼저 들어간 식당에서는 한 사람에게는 백반을 팔지 않는단다. 문전박대당하고 다음 집에 갔다.

"배불렀는갑소. 한 사람한테는 안 팔고. 근디 우리 집엔 밥이 없어라."

그러자 식사하고 나가는 한 무리의 남자들이 한 마디씩 거든다.

"글지 말고 라면이라도 삶아 드리씨요. 배고프다는 손님을 어찌 그냥 보낸다요?"

"들어오시씨요. 식은 밥 한 그릇 있응께 김치에 그냥 드시씨요."

식은 밥 한 그릇에 김치찌개, 부추김치, 배추김치가 나왔는데 꿀맛이다.

"다리가 너무 아픈데 좀 쉬었다 가도 되겠어요?"

"그러문요. 푹 쉬다 가시씨요."

아줌마는 오렌지 큰 것 두 개를 가져와 툭 잘라 나눠주고, 커피 드실라요, 녹차 드실라요 하더니 커피 한 잔을 갖다준다.

"우리 집은 순 자연산 붕어요리를 하는 곳이고, 우리 신랑이 민물에 가서 직접 잡아와요. 양식이 아니고 순 자연산이어라."

상을 물리고 스르르 잠에 빠져 30분 넘게 잔 모양이다. 부스스 털고 일어나니, 명함 한 장 주며 당부한다. 그리고 덧붙인다.

"택배도 해드려요. 보아하니 아줌마는 부자도 많이 알 것 같은디, 우리 집 붕어찜 아주 좋다는 소개도 좀 해주시씨요."

돈을 드리고 나오기도 그렇고, 이것저것 얻어 먹고 그냥 나오기도 그렇고. 서울에 가면 반드시 이 집의 붕어찜을 소개하고 싶다는 생각을 하며 나왔다.

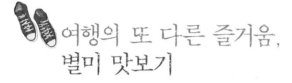
여행의 또 다른 즐거움,
별미 맛보기

　　너무 무더워 도무지 걸을 수가 없다. 그러나 영광에서 영광굴비 맛을 안 볼 수 없어 법성포에 갔다. 버스로 15분 거리. 한 마을 전체가 굴비로 엮여 있다.

　"법성포에 가면 상다리 휘는 한식요리에 굴비정식이 외부 손님에겐 최고 선물이지요."

　엊그제 지친 다리로 택시에 올랐을 때 일러주던 기사의 말이 생각났다. 혼자 먹어도 2인상이 기본이라기에 반찬은 필요 없고 굴비하고 밥만 달라 했더니 작은 굴비 두 마리 구어주고 반찬 몇 개 얹어 1만원을 받는다. 서울 우리 동네 굴비정식집은 이보다 훨씬 좋은 밑반찬에 식사 후에는 누룽지까지 주고 6000원 받는데.

　그러나 영광굴비를 영광에서 먹는 맛을 굳이 서울의 것과 비교할 필요는 없다. 어떻든 나는 없어서 못 먹는 사람이니, 뭐든지 내 앞

법성포 칠산 앞바다에서
어민들이 굴비를 말리고 있다.
이곳에서 잡히는 참조기는
알이 클 뿐만 아니라
지방이 풍부하다.
여기에 1년 이상 간수가 빠진
천일염으로 염장하는
특이한 제조법 등으로
이곳의 굴비는 최고의 맛을
자랑한다.

에 차려지기만 하면 맛이 있고 없고는 별문제가 되지 않는다. 기분

좋게 맛있게 잘 먹었다.

판소리 가락에 서린
삶의 애환들

고창에서는 꼭 가보고 싶은 곳이 있었다.
동리 신재효의 생가 터인 동리정사. 그는 한국 최초의 여류 명창
진채선을 길러내고, 그녀를 사랑했으나 대원군에게 뺏기고 말았다.
그녀는 여인으로서 왕실 가까이에서 호사를 누리며 사는 것이
행복했을까, 아니면 자기를 길러준 스승에 대한 그리움이 더 절절했을까?

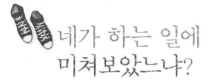 네가 하는 일에 미쳐보았느냐?

열세 번째 국토순례의 시작점은 영광이다. 거의 넉 달 만이다. 지난 6월, 한여름이나 다름없던 그때 왔다가, 초가을이지만 늦더위가 기승을 부리는 9월 말에 다시 이렇게 떠나왔다.

"아줌마, 얼마냐고 물어라도 좀 보고 가제, 그냥 가분다요?"

영광터미널은 한쪽이 시장통이다. 흥정 좀 붙여달라는 전라도 아줌마의 맛깔스런 반어법. 문득 정겨워져 생선이 아니라면 한 움큼 사고 싶은 마음도 든다.

추석을 1주일 앞둔 호남지방 들판은 황금빛으로 물들어가고 있다. 길가엔 코스모스가 활짝 피었다. 가을로 접어들면 코스모스란 말만 들어도 가슴이 울렁이던 시절이 있었다. 이번 가을엔 꼭 누구하고든 코스모스 핀 길을 손잡고 걸어봐야지, 하고.

274

가을의 정취를
느낄 수 있는
코스모스 핀 들녘.

그러면서 가수 김상희의 '코스모스 한들한들 피어 있는 길~'을
흥얼거리곤 했다. 아주 작은 변화들에 가슴 졸이고 흥분하던 그 시
절이, 실수와 실패 투성이던 그 시절이 있었기에 오늘 나는 조금은
편한 맘으로 살고 있는지도 모른다.

서울에서 고속버스를 타고 오면서, 오늘따라 자꾸 속이 울렁거려
고개를 쳐들고 밖을 보거나 소음처럼 귀찮던 텔레비전을 올려다
보았다. 마침 인간 승리를 이룬 한 중소기업 사장의 이야기가 방영
되는데, 나도 모르게 거기에 빠져들었다.

시골에서 갓 상경한 그가 처음 취직한 곳은 작은 금형 공장. 선천
적으로 부지런한 데다 금형을 만드는 일이 적성에도 맞아 식음을
잊을 정도로 그 일에 매달렸다. 그런데 사장이란 사람이 돈만 보면
이익을 챙겨 땅을 사대느라 석 달째 월급을 주지 않았다.

그는 불평을 일삼던 두 명의 동료와 함께 그곳을 나와 회사를 차렸고, 역시 물불 가리지 않고 일했는데 이제는 같이 회사를 시작한 사람들이 노름에 빠지더란다.

그것을 본 하청업자가 독립하라고 부추겼다. 독립하여서는 정말 공장도 잘되고 회사도 점점 커져 넓은 땅을 사서 공장까지 지었다. 그런데 어느 날 갑자기 사람들이 들이닥치더니, 집에 마구 빨간 딱지를 붙이는 것이 아닌가. 자기는 현찰을 주고 그 땅을 샀으나, 중간업자가 그 돈을 빼돌리고 땅 주인에게는 어음으로 지불하는 바람에 졸지에 길거리에 나앉는 상황이 되고 말았다.

그야말로 7전8기. 한국의 중소기업 제품은 믿을 수 없다며 굳이 독일제를 고집하던 대기업들을 끈질기고 집요한 공세로 설득, 드디어 이제는 파트너 관계에까지 이르렀다는 얘기다.

과연 나는 그렇게 집요하고 끈기 있게 내 일을 해보았는가? 한 가지 일에 몰두하고 미쳐보았는가?

1989년, 하반신이 완전히 마비된 마크 웰먼이 아무런 도움도 받지 않고 암벽으로 된 캘리포니아의 엘 캐피탄을 정복했다. 그에게 기자들이 "정상인도 정복하기 어려운 이 일을 어떻게 성공할 수 있었느냐"고 질문했다. 그는 "한 번에 15cm씩 7000번을 반복하면 된다"고 대답했다.

벤자민 프랭클린은 활용되지 않고 낭비된 재능을 그늘에 놓인 해시계에 비유했다. 인생의 비극은 우리가 천재적인 재능을 타고나지 못한 데 있는 것이 아니라 갖고 있는 재능을 충분히 활용하지 못한 데 있는 것 같다.

만족스럽지는 않으나 나는 강사라는 나의 직업을 사랑한다. 아마 나는 이 일을 통해 다른 일을 준비하고 있는지도 모른다.

영광에서 고창에 이르는 길은 곧바르다. 하늘하늘한 길을 따라 걸어 고창군 대산면에 도착, 이곳에서 오늘의 일정을 마무리한다.

판소리 가락에 얽힌
전설 같은 사연들

사람들은 자꾸 대도시로만 가고, 농촌의 인
구는 점차 줄고……. 역설적이긴 하나 그래서 농촌은 오히려 농촌
다워서 좋다. 도시인의 이기심이라고 해야겠지? 때마침 불어닥친
FTA협상으로 농민들의 심기가 심히 불편할 텐데 들판의 벼는 이
를 아는지 모르는지 장관을 이룬다. 풍요로움, 한가로움, 그리고
아름다움…….

들판은 누렇고 고즈넉하고, 그리운 옛날의 그 시골 풍경이고 국
도 변은 온통 코스모스다. 벌과 나비가 번갈아 날아들며 희롱하는
품새가 자못 대담하다. 바람 탓인가, 부끄러움 때문인가. 코스모스
는 못 견디겠다는 듯 한들거린다.

'벼는 익을수록 고개를 숙인다'는 속담이 있다. 정말 벼들은 자기
가 가진 모든 것을 내어줄 태세로 마지막 힘을 뿜어내고 있는 것 같

다. 고개를 숙이며.

고창에서는 꼭 가보고 싶은 곳이 있었다. 동리 신재효의 생가 터인 동리정사. 판소리의 이론가이자 개작자이며 후원가였던 그가 생전에 판소리 선생을 모셔다가 그곳에서 소리를 가르치고 소리꾼을 후원하던, 그야말로 역사의 현장이다.

모양성으로 더 친밀하게 불리는 고창읍성 아래 너른 땅이 바로 5000여 평이 넘었다는 신재효 선생의 생가 터다. 이제는 사랑채만 남아 있고, 그 일대에 판소리박물관과 동리국악당, 판소리전수관 등이 모여있어 옛 흔적을 대신하고 있다.

동리 선생은 한국 최초의 여류 명창 진채선을 길러내고, 마침내 그녀를 사랑했으나 대원군에게 뺏기고 말았다. 방 전체를 검정 창호지로 바르고 그 안에 칩거하여 그리움을 삼켰다는 가슴 에이는 이야기도 전해진다.

그녀는 여인으로서 일국의 왕실 가까이에 살며 온갖 호사를 누리고 사랑을 받는 것이 행복했을까, 아니면 자기의 재주를 알아보고, 또 그것을 길러준 스승에 대한 그리움이 더 절절했을까? 진채선에게 물어볼 길 없으니 답답할 뿐이다.

동리 신재효는 구전으로만 전해지던 판소리 열두 마당 중 수궁가, 적벽가, 가루지기타령, 춘향가, 심청가, 흥보가 등 여섯 마당을 정리하여 오늘에 이르게 한 사람이다. 그런 그도 사랑의 아픔만은

어쩔 수 없었음인가?

스물네 번 바람 불어 만화방창 봄이 드니

구경 가세 구경 가세 도리화 구경 가세

도화는 곱게 붉고 흼도흴사 외얏꽃이

향기 좇는 세야충은 저때북이 따라가고

보기 좋은 범나비는 너푼너푼 날아든다.

붉은 꽃이 빛을 믿고 흰 꽃을 조롱하여

풍전에 반만 웃고 향인하여 자랑하니

요요하고 작작하여 그 아니 경일런가

꽃 가운데 꽃이 피니 그 꽃이 무슨 꽃인가.

59세의 신재효가 24세의 진채선을 그리워하며 절절한 심정을 노래한 '도리화가'의 한 부분이다.

우리에게 잘 알려진 판소리 명창들에게는 서리서리 얽힌 사연들이 저마다 있다. 요즘 세상에서는 일부러 만들어내기도 힘든 전설 같은 얘기들이다.

안동 권씨 권삼득은 양반으로서는 최초의 소리꾼이었다. 가문을 부끄럽게 한다며 회유를 거듭했으나 끝내 거부하자 문중은 그를 멍석말이하여 태워 죽이기로 하였다. 마지막으로 소리나 한 번 하

영화 〈서편제〉의 한 장면.
이 영화는 한국 영화 사상
처음으로 관객 100만 명 돌파와,
배경이 된 완도의 청산도를
널리 알리는 등 많은 기록을 남겼다.

고 죽게 해달라고 하여 소원을 들어주었는데, 그 소리가 너무 애절하고 기가 막힐 정도라 차마 죽이지 못했다고 한다.

사람, 짐승, 새 등 세 가지 소리에 득음했다 하여 삼득이란 이름으로 불린 그는, 안동 권씨란 말은 절대 하지 말라는 당부와 함께 살아남게 되었다. 소리꾼으로의 삶이 양반 가문의 딱지에 비할 수 있었으랴.

송흥록과 송광록은 형제였다. 광록은 처음에는 명창인 형 흥록의 수행 고수로 활동하였다. 그러나 소리 하는 사람은 가마 태워 불려

가는 데 비해, 고수는 북을 직접 들고 가마 옆을 걸어서 따라가야 하는 데 불만을 느끼고, 제주도 한라산에 들어가 소리 공부에 전념하였다. 어려서부터 흥록의 창법과 더늠(판소리에서 명창이 자신의 독특한 방식으로 다듬어 부르는 어떤 마당의 한 대목)을 익히 들어왔기 때문에 불과 5년의 독공으로 득음 대성하였다. 그의 창제와 더늠은 아들 우룡에게 전해졌고, 당대의 명창 송만갑이 송우룡의 대를 이었다.

줄타기광대였던 이날치. 그는 줄타기에 만족하지 않고 소리를 배우기 위해 북을 들고 소리꾼을 쫓아다녔다. 판소리 소리꾼은 소리를 할 때 부채를 폈다 오므렸다 하면서 소리를 하기도 하고, 반주하는 고수를 말로나 부채로 희롱하기도 한다. 고수 노릇을 하던 이날치는 어느 날 소리꾼의 부채에 눈이 찔리고 만다.

절차탁마. 광주 무등산에 굴을 파고 목에서 피를 쏟으며 노력한 끝에 유명한 '새타령'을 작곡했으며 그가 '새타령'을 한바탕 부를라치면 소리판으로 그야말로 온갖 잡새가 날아들었다 한다. 그는 결국 서편제의 수령이 되었다.

《춘향전》의 눈대목(오페라의 아리아에 해당하는 소리) '쑥대머리'를 불러 장안 기생들의 오금을 저리게 했다는 임방울. 그가 대원군의 비호 아래 서울 장안에서도 짜한 명창이 되어 금의환향하는 날, 고향 송정리에 가기 위해 광주역에 내렸을 때 그를 보러 나온 무리가 인산인해였다. 많은 사람들 가운데는 유명한 광주 기생이 있었다.

그 후 임방울은 그 기방에 붙잡혀 1년간을 나오지 못했고, 이래 서는 안 되겠다 싶어 다시 세상에 나와 노래를 불렀으나 상사병에 걸린 여인은 서서히 죽어갔다. 소식을 듣고 그녀를 찾아온 임방울. 여인은 그의 품에서 그의 노래를 들으며 죽음을 맞이했다.

임방울이 죽었을 때 장례행렬은 자그마치 2km에 달했다고 하며, 전국의 여류 국악인들이 서울에 모여 소복하고 상여를 메었는데 그 선창은 명창 김소희가 했다. 후에 중요무형문화재로 지정받아 판소리로 사랑과 명성을 당대에 떨쳤던 바로 그분이다.

수많은 명창들의 이야기들을 떠올리며 판소리국악당을 돌고 돌았다.

고창읍성. 돌을 머리에 이고 성곽을 3회 돌면 무병장수하고 극락 승천한다는 전설이 전해지는 성이다. 둘레 1684m, 높이 4~6m, 면적은 18만9764㎡. 서늘한 가을 저녁, 무심한 마음으로 고창읍성을 돌며 시간을 보낸다.

버스 정류장 의자에서
한 박자 쉬어 가기

이번 순례의 마지막 밤, 부안에서 아주 녹작
지근해지도록 몸을 쉰다. 아니, 4만8350보라니 믿어지지 않는다.
하긴 너무 더워, 길가에 덩그렇게 지어진 어느 집의 대문을 두드리
며 "물 좀 얻을 수 없을까요?" 하기까지 했다. 놀랍게도 공방 같은
데서 일하고 있던 그분은 의심의 눈초리나, 궁금해하는 기색도 전
혀 없이 물병에 시원한 물을 넘치도록 채워주었다.

덥다, 힘이 무지 든다, 하면서도 무엇에 홀리듯 억척스레 걸었
다. 낮 최고기온 28℃. 9월 말의 날씨가 이리 더워도 되는 건지 모
르겠다.

쉴 만한 곳이라곤, 군내 버스 정류장의 먼지가 수북이 쌓인 장의
자밖에 없는데 그거라도 만나면 그래도 한숨 돌리는 시간이다. 굳
이 자리를 닦을 필요도 없이 그냥 그 위에 앉아 쉬고 있는데, 몇 분

전 이 앞 버스 정류장에 앉아 쉬던 젊은 스님이 내 뒤를 따라 들어와 말을 건넨다. 한 달째 걷고 있다는 그는, 주로 주유소에서 물을 얻어 마시고 밥은 사 먹기도 하고 공양도 받으면서 다닌다 했다.

"왜 출가를 하셨습니까? 법정 스님 얘기를 들으니, 어려서부터 절에만 가면 자신의 집에 온 것 같고, 그래서 자꾸 절에 가고, 그러다가 아주 출가하게 됐다고 하시던데요."

"저도 그랬습니다. 절에 가면 편하고, 내 집 오는 것 같고."

아무 생각 없이 걷고 또 걸은 하루였다. 그래서 더욱 충만하다.

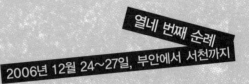

기름진 평야,
타들어가는 마음

농촌이 FTA협상으로 더 타들어가는 것 같다.
언젠가 이루어질 수밖에 없는 일인지도 모른다.
다만 국익이라는 대의명분 앞에서 항상 뒤로 물러나면서
속앓이하는 농촌 사람들. 그들에게서 없어질 것보다
더 크게 채워질 것은 진정 없는 것일까?

12월 24~25일 | 부안-김제 _ 4만6750보

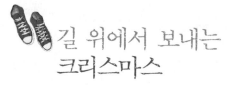

길 위에서 보내는
크리스마스

크리스마스이브를 낯선 지방의 모텔 방에서
지냈다.

24일은 마침 주일이었다. 예배드리러 가면서 등산복 차림에 배
낭까지 지고 교회에 갔다. 몇 번 이런 모습을 본 교회학교 동료 교
사들이 이것저것 묻는다.

"오늘 또 떠나시는 거예요?", "무섭지 않아요?", "도대체 무슨 재
미로 다니는 거예요?", "이번에는 어디서 어디까지 가세요?", "같
이 가겠다는 사람 찾아보시지 그랬어요" 등등. 자주 듣는, 참으로
답답한 질문들.

해 저문 들녘에 훈훈한 봄기운마저 도는 부안 읍내. 가을에 떠난
곳을 겨울에 다시 왔다. 인적 없는 거리를 천천히 걸으며 내일을 준

288

순렛길에 맞은 성탄절. 낯선 교회에서 예배를 드렸다.

비한다.

25일 오전 11시, 부안의 한 교회에서 성탄절 예배를 드렸다. 성전이 많이 비었다. 어제가 일요일이어서, 내리 이틀 교회에 나오는 일이 바쁜 현대인들에게 그리 쉬운 일은 아니었을 것이다.

문득 여의도순복음교회가 떠오른다. 오늘 같은 날 여전히 빈틈없이 꽉 들어찼을 성전, 그 넓디넓은 교회가 항상 자리 찾아 두리번거리는 무리들로 차고 넘치는 곳. 한때 나는 "좀 성숙해야지. 자리 잡으려고 마구 뛰고, 이리 밀고 당기고 하면 안 되잖아!" 하며 제법 교양 있는 체하곤 했지만, 이제는 그런 것들이 이 땅에서 누리는 최고의 복이란 걸 뼈저리게 느낀다.

나는 그 동안 유럽 여러 나라의 성당과 교회들을 많이 돌아보았다. 그 화려하고 장엄하고 거대한 외형은 감탄을 자아내기에 충분하고도 넘쳤다. 그러나 그냥 그렇게만 보아 넘길 수 없는 마음이 자꾸 들었다. 한때는 성도들로 가득 찼을 그 성전들이, 이제는 예배드리는 사람들보다는 관광하는 사람들로 채워지고 있다. 그리고 성전 입구에는 어김없이 성전 운영을 위한 기부 상자가 놓여 있다.

역사의 수레바퀴 속에서 영원한 것이란 없을지 모른다. 부디 초심으로 돌아가 더욱 크게 쓰임받는 우리 교회가 되기를 나는 바라 마지 않는다.

동진강을 건너니 김제다. 부안을 지나 김제로 가면서, 무한히 펼쳐진 평야를 보며 내내 안타까운 맘을 금할 수 없다. 젊은이와 남자는 다 떠난 곳. 군데군데 볏짚이며 벼 벤 자국들이 선명하고 아름답다. 비닐하우스를 짓기 위한 것인지, 하얀 비닐 두루마리들이 뭉텅이 뭉텅이로 온 논에 가득하다.

김제의 소위 다운타운에서 마땅한 숙소가 눈에 띄지 않아 한참 헤맸다.

"아니, 시내 중심가에 숙소 하나 찾기가 왜 이리 힘들지요?"

터미널 옆 편의점에서 나 힘든 것만 생각하고 무심히 물었다.

"그렇지 않아도 위태위태하대요. 인구가 자꾸 줄어 시에서 군으로 강등될지도 모른다고들 하네요."

김제는 김제평야, 만경평야, 호남평야 등의 평야를 아우르는 지방이다. 그만큼 인류 최후의 보루인 식량 안보를 책임질 곳이기도 하다. 그러나 산업화의 불화살을 너무 세게 맞았다고나 할까, 도시로 인구 이동의 후유증이 컸다고나 할까. 조금은 아프게 느껴지는 썰렁함이 가슴을 서늘하게 한다.

이 기름지고 너른 평야, 그러나 농촌에 꼭 인구가 많아야 할 필요는 없다. 미국은 인구의 3%에 해당하는 농민이 전 국민을 먹여 살리고, 그러고도 남아 외국에 팔기도 하고, 주기도 한다. 땅과 씨름하는 농민들의 땀방울로 인해 이 땅은 영원히 풍요를 누릴 거라 믿어 의심치 않는다.

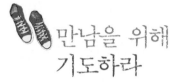

만남을 위해
기도하라

김제를 지나 만경강 긴 다리를 건너니, 군산
시 대야면. 부안에서 놓친 새만금 방조제 일부 구간을 군산에서 볼
수 있으려니 했는데, 군산에서는 아직 그쪽으로 가는 버스조차 없
다고 한다. 이 시대 기적의 현장을 잠시나마 볼 수 있으리라는 꿈은
다음 기회로 미루자.

이른 아침 셋째 언니로부터 전화가 왔다.

"요즘 정호승의 《위안》을 읽는데 좋은 얘기가 있어서 너한테 말
해주려고……. 20대 청년들에게 권면하는 말인데, '만남을 위해 기
도하라'는 말이 유독 가슴에 와 닿았어."

그러면서 이렇게 덧붙여준다.

"오늘 네가 오가며 만난 길동무라도 좋은 사람이면 네 삶이 얼마

나 풍요로워지겠니?"

지난주의 일이다. 영성훈련을 하기 위해 형제들에게 알리지 않고 3박 4일 동안 수련원에 들어갔다. 이런 사실을 몰랐던 셋째 언니가 내게 호박죽을 쑤었으니 먹으러 오라고 집으로, 회사로, 휴대전화로 계속 전화를 한 모양이다. 그런데도 도무지 연락이 닿질 않자 '혹시 사고가 생긴 건 아닌가' 하고 불안한 맘이 들었다고 한다. 내가 평소에 자주 언니들한테 푸념했던 말이 떠올랐기 때문이다. "나 혼자 아무도 모르게 죽어서 이 집에 그냥 며칠씩 누워 있게 되면 어떡하지?"라는.

급기야 광주의 큰언니가, 서울의 둘째 언니에게 "임자 집에 들러보라"고 다급하게 연락했는데, 마침 그때 내가 전화를 해 놀란 가슴을 쓸어내렸다고 한다.

혼자 사는 골드미스(내 나이의 여자에게 이런 표현이 어울리기나 할까?) 동생을 알뜰살뜰 챙겨주는 나의 형제들. 나이 들수록 그들에 대한 고마움이 깊이를 더해간다.

엄마의 현란한 속담 시리즈

무슨 일이 생기면 정이 많고 성미 급한 셋째 언니가 항상 먼저 나선다. 엄마 식 속담대로, '성질 급한 놈이 술값 먼저 낸다'는 대표적인 인물이 바로 셋째 언니다. 속담 얘기를 하니 생각나는 일이 있다. 엄마의 1주기인 2003년 11월, 추모예배가 끝난 후 우리 남매들은 부모님을 추억하는 시간을 가졌다. 그 중 단연 압권은 우리 모두가 귀에 못이 박히도록 들은 엄마의 현란한 속담들이었다. 엄마는 어디서 그렇게도 많은 속담을 알게 되었는지, 항상 속담으로 응수함으로써 하고자 하는 얘기를 더욱 실감 나게 하셨다.

다음은 그날 우리 남매들이 모아본 엄마의 속담 시리즈 중 일부다.

- 혀는 짧고 침은 멀리 뱉고 싶다.
- 처삼촌 묘에 벌초하듯 한다.
- 생일에 잘 먹을라고 이레를 굶었더니 죽더란다.
- 비짓밥에 부른 배가 고량진미도 싫다 한다.
- 달밤에 삿갓 쓰고 춤춘다.
- 장 단 집에는 가도 말 단 집에는 가지 마라.
- 몸 갖고 와라 옷 짓자, 얼굴 갖고 와라 이름 짓자.

그날 이후 우리 남매들은 못다 기억해낸 속담들을 마치 숙제하듯 기억을 더듬어 찾아내 나에게 알려오곤 했다.

- 천 냥에 망하나 만 냥에 망하나.
- 봉사 제 닭 잡아 먹는다.
- 살강 밑에서 숟가락 줍기다.
- 게 보고 꼬막 지키라고 한다.
- 천 냥 주고 집 사면 만 냥 주고 이웃 산다.
- 나간 사람 몫은 있어도 자는 사람 몫은 없다.

60개 가까이 모은 속담을 다 소개하지 못해 안타깝지만, 어떻든 엄마의 속담은 때와 장소에 따라서 약간씩 끝말이 달라지기도 하고, 어디서 들었는가에 따라 사투리 종류도 바뀌고, 억양도 각양각색인 것이 특징이다.

검붉게 그을리고 주름투성이인 얼굴에 등이 굽은 노인들만 남은 농촌이 FTA협상으로 더 타들어가는 것 같다. 농촌 곳곳에는 FTA 반대 현수막과 깃발들이 나부낀다. 신문에는 멕시코가 46개국과 자유무역협정을 맺음으로써 지난해 세계 8대 무역 강국으로 성장했다고 전하면서 우리도 이제 어쩔 수 없음을 홍보하고 있다.

언젠가 이루어질 수밖에 없는 일인지도 모른다. 다만 국익이라는 대의명분 앞에서 항상 뒤로 물러나면서 속앓이하는 농촌 사람들. 그들에게서 없어질 것보다 더 크게 채워질 것은 진정 없는 것일까?

돌아갈 곳이 있는
사람은 행복하다

아침에 일어나니 잔뜩 낀 구름과 바람 소리
가 심상치 않다. 드디어 군산을 지나 충청남도로 진입하는 날인데,
일기예보에 충남 서해안 일대에 강풍이 불고 눈까지 온다고 하더
니 아니나 다를까, 떠나올 때의 푸근하던 날씨에 맞춰 입은 옷차림
으로는 견디기 어려운 날씨가 되었다.

맑은 날 같으면 금강 건너로 훤히 보였을 충청도 땅이 안개 속에
희뿌옇다. 굳이 다리라 하지 않고 '금강하구둑'이라 부르는 긴 다
리가 시작되는 군산 쪽에 '채만식문학관'이 자리 잡고 있다.

그의 대표작이라 할 수 있는 《탁류》는 바로 이 금강이 배경이다.
금강의 물이 군산 쪽으로 오면서 유난히 탁해지는데, 채만식의 소
설도 바로 이런 데서 모티브를 얻은 것이라 한다.

채만식문학관에 재미있는 지도가 하나 눈길을 끈다. 바로 '전국

서천의 갯벌. 갯벌은 항상 생태계 보존과 산업단지로의 전환 사이에서 갈등을 일으키는 요소였으나, 서천군은 정부가 제시한 대안개발 방안을 받아들임으로써 매립을 면하게 됐다.

문학지도'인데, 채만식과 동시대의 문인들을 지역별로 분류해놓았다. 문득 그들의 면면이 반갑고 그리워 옮겨 적어본다.

함경북도 : 김광섭, 최인훈

함경남도 : 모윤숙, 구상

평안북도 : 이광수, 김소월

평안남도 : 김동인, 황순원

황해도 : 노천명, 김종삼

강원도 : 이효석, 박인환, 김유정

서울 : 염상섭, 박종화, 최남선, 이상

충청북도 : 정지용, 이무영

충청남도 : 한용운, 신석초

전라북도 : 채만식, 신석정, 서정주

전라남도 : 김영랑, 박화성

경기도 : 김광균, 박두진

경상북도 : 김동리, 현진건, 이육사

경상남도 · 부산 : 박경리, 이은상, 유치환, 김정한

금강하구둑 건너 서천 쪽은 순전히 갯벌이다. 바람은 이미 너무 거세다. 최소한 서천 읍내까지만이라도 걷겠다고 생각했으나 거센

바람과 몸속으로 스며드는 추위를 견디기 힘들어, 집으로 돌아오는 버스에 오르고 말았다.

중도에 포기했다고 자책하지 말고, 돌아갈 곳이 있어 나는 행복한 사람이라고 생각하자.

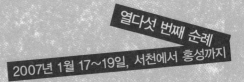
느리게 걸으면
마음으로 풍경이 보인다

나는 걸으면서 자주 지도를 본다. 이전에 미처 보지 못한
그 어떤 비밀스러운 것들이 있기라도 한듯 들여다보고 또 보곤 한다.
그러나 지도보다 더 정확한 정보를 얻으려면
역시 현지 사람에게 직접 물어보는 것이 최선이다.
키 큰 남자가 40분 걸린다고 하면 그건 내 걸음으로
두 시간이라는 것만 얼른 계산하면 된다.

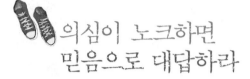

의심이 노크하면
믿음으로 대답하라

　　　　　믿을 수 없는 기록을 세웠다. 4만 보 채우는
게 쉽지 않던 최근의 기록을 가볍게 깨고 5만 보를 넘어선 것이다.
오늘은 아주 페이스 조절을 잘한, 양질의 걷기를 하였다. 그보다는
모르기 때문에 용감했던 하루였다.

　아침 8시. 출근 시간대의 거리 풍경은 어디라고 할 것 없이 활기
차다. 편의점에 들러 컵라면과 커피로 속을 뜨끈뜨끈 데워 워밍업
한 후, 보령까지는 서해안고속도로를 타야겠다고 생각하며 접어들
었다. 계획했던 여정이 점차 끝나가면서 마음이 괜히 바빠진 것이
다. 그리고 심신이 많이 지치기도 했다.

　'올 상반기 중, 아니 석 달 내로 끝내야지. 너무 오래 걸렸잖아?'
라고 생각하던 차, 서천에 대해 이것저것 자상하게 얘기해준 편의
점 청년의 말에 귀가 얇은 내가 고속도로로 올라서게 된 것이다.

"보령까지 국도는 매우 복잡해요. 길이 여러 갈래고, 구불구불하고요. 고속도로야 직선으로 가지요. 근데 갓길이 아주 좁고 차가 많아 위험합니다."

그러나 고속도로를 걷겠다는 나나, 그걸 알려준 청년이나 몰라도 한참 모른 얘기를 주고받은 것이다. 고속도로로 올라서서 불과 10분쯤 걸었을까, 순찰차가 '왱왱' 하고 뒤를 바짝 쫓아오며 마이크로 나를 부른다.

"아주머니, 아주머니가 걷고 있는 이 길이 무슨 길인지 아세요?"

얼른 알아듣고 말도 안 되는 소리를 주섬주섬 해댔더니, 경찰은 자못 화가 난 목소리로 엄중하게 한 마디 한다.

"이 길로 가시면 아주머니만 위험한 게 아니라 달리는 차들도 위험해요."

순찰차는 내 뒤를 천천히 따라오며 경고를 한다.

"다시 고속도로로 올라서면 계속 저희한테 신고가 들어와요. 그땐 아주머니 형사 입건됩니다."

어느 길로 가야 하지? 고속도로에서 내려와 막막한 맘으로 논길을 걷고 있는데, 마침 논두렁에 서 있던 한 아줌마가 말을 걸어온다.

"아줌니는 워디로 가남유?"

"보령 가는 국도를 탈 건데요."

"워티게 이렇게 혼자 다닌대유? 버스 타세유. 이 논두렁길 끝나면 버스길 나와유."

논두렁길을 한참 걸어 나오니 아니나 다를까, 넓은 국도가 나온
다. 그런데 국도를 타길 잘했다. 길은 한가롭고 갓길도 넓었으며 논
과 산과 마을들이 고즈넉하고 정겹게 다가온다. 느리게 걸으니 마
음으로 풍경이 보인다.

오늘 아침 '말씀 묵상'을 하면서 예화로 주어진 글이 내 맘에 큰
울림을 주었다. 어젯밤 잠자리에 들기 전 나는 이런 다짐을 했었다.
'내일은 걸으면서 내 생의 풀리지 않은 문제들에 대해 좀 더 생
각하고 있는 힘을 다해 지혜를 짜내 풀어봐야지.'
그런데 묵상 시간에 이런 글이 내 눈을 사로잡은 것이다.

하나님의 말씀은 우리 각자의 생각대로 해답을 얻으라고 가르치지
않습니다. 오히려 온 마음과 영혼을 다해 하나님을 신뢰하라고 가르
칩니다. 주님이 우리에게 보여주신 간단한 가르침을 따르기만 하면
분명히 기쁨과 평안을 얻을 것입니다. 의심이 당신의 문을 두드릴
때 믿음으로 대답하십시오.

이보다 명쾌한 응답은 없다. 얼마나 다행스럽고 감사한지. 이 글
을 보지 못했다면 오늘 나는 이처럼 양질의, 활기찬 걷기를 하지 못

했을 것이다. 풀리지도 않을 숙제를 풀려고 끙끙거리느라 마음만 불편하고 괴로웠을 것이다. 사람이 어떻게 자기 삶의 궁금증을 다 풀며 살 수 있는가 말이다.

붉은 해는 서산마루에 걸렸는데……

"한 40분만 걸어가면 바닷길이 갈라지는 무창포해수욕장이 나와요. 모세의 기적, 아시잖아요? 거기 가면 깨끗한 모텔도 많고 경치도 끝내줘유."

웅천읍의 무창포해수욕장과 보령시 갈림길에서 만난 키 큰 아저씨가 좋은 정보를 알려주었다. 근데 40분이라던 그 길이 도대체 어떻게 된 거야? 정확히 오후 4시 50분부터 7시까지, 뉘엿뉘엿 해지는 때부터 완전히 깜깜해진 후까지 두 시간여를 시골길, 꼬부랑길, 산길을 걷고 또 걸어도 무창포해수욕장이 안 나타나는 거다.

간간이 그곳으로 향하는 승용차들이 있었고 가뭄에 콩 나듯 가로등이 있었으나, 그것들이 거리를 좁혀주지도, 내 무섬증을 가져가주지도 않았다. 그토록 안전을 외치던 내가 도대체 어찌 된 일인지 모를 일이었다.

너무 막막해 노래를 흥얼거리며 가는데 인가가 띄엄띄엄 보이는

해수욕과 갯벌체험을 동시에 즐길 수 있는 무창포해수욕장.

한 마을에서 그림자 하나가 다가오더니 묻는다.

"거기 오시는 분 누구세요?"

"아줌마, 사실은 나 무창포해수욕장 쪽으로 가는데 택시도 버스
도 없고, 날은 어두워 앞이 보이지 않고, 다리는 아파 죽겠고, 이럴
수도 저럴 수도 없네요."

"이 시간에 아무것도 없지요. 염려 말고 곧바로 30분만 더 가세
요. 그럼 돼요."

"아줌마, 같이 좀 가주세요."

"아니에요. 난 운동 가는 중이에요."

손을 절레절레 흔들며 휙 가버린다. 사실 그 아줌마는 내가 무서웠을 것이다. 미치지 않고서야 웬 여자가 혼자 이 길을, 이 밤에 걸어서 무창포까지 굳이 가려는 것일까, 했을 것이다.

오후 6시경, 해가 검붉은 빛깔을 띠며 산을 넘어가고 있을 때만 해도 괜찮았다. '아, 이제 조금 후 무창포해수욕장에 도착하면 그곳에서 서해의 수평선 너머로 지는 해를 보겠네?' 했다. 그리고 김소월의 '초혼'을 기분 좋게 읊조렸다.

산산이 부서진 이름이여!
허공 중에 헤어진 이름이여!
불러도 주인 없는 이름이여!
부르다가 내가 죽을 이름이여!

심중에 남아 있는 말 한 마디는
끝끝내 마저 하지 못하였구나.
사랑하던 그 사람이여!
사랑하던 그 사람이여!

붉은 해는 서산마루에 걸리었다.

사슴의 무리도 슬피 운다.
떨어져 나가 앉은 산마루에서
나는 그대의 이름을 부르노라.

설움에 겹도록 부르노라.
설움에 겹도록 부르노라.
부르는 소리는 비껴가지만
하늘과 땅 사이가 너무 넓구나.

선 채로 이 자리에 돌이 되어도
부르다가 내가 죽을 이름이여!
사랑하던 그 사람이여!
사랑하던 그 사람이여!

인적이 완전히 끊긴 시골길을 걷고 걸어 지칠 대로 지친 후, 드디어 저만치서 보이는 휘황찬란한 불빛이 무창포해수욕장임을 알려준다. 중도에 포기할 수도 없는 상황이었지만, 분명히 찾아가야 할 목표가 있었기에 결국 이렇게 오게 되었다. 거대한 텐트로 지어진 조개구이집에 들어가 해물칼국수 하나를 시켜 먹는데, 꿈인가 생시인가 싶게 그야말로 감개가 무량했다.

그래, 나는 나의 지도를 만들어가자

과연 바닷가의 아침은 황홀했다. '겨울 바다' 하면 사람들은 낭만을 떠올린다. 언제 들어도 가슴이 울렁인다. 이른 아침이라 모래사장을 걷는 사람이 없다. 서해 바다의 수평선이 맑은 날씨 탓에 아스라이 보인다. 저 너머엔 또 무엇이 있을까?

오늘도 가다 쉬고, 가다 쉬며 페이스 조절은 잘했으나 워낙에 어제 심하게 걸은 탓에 두 다리가 아주 뻣뻣하다. 길가의 코딱지만 한 잔디에 퍼질러 앉아 쉬고 있는데 셋째 언니로부터 전화가 왔다.

"어디야?"

"응, 대천."

"감기 들지 않게 조심하구."

"근데 그 팀은 언제 해산한 거유?"

대천해수욕장에서 바라본 일몰. 해안선 길이 3.5km로 서해안 최고의 해수욕장이다.

"응, 16일 아침에. 아쉬워 죽겠다. 모두 더 있고 싶어 했고, 동준이 에미도 진심으로 붙잡는데 작은언니 때문에 별수없이 해산했지."

지난 11일은 오빠의 기일이고, 14일은 아버지의 기일이다. 올케언니는 두 기일 사이에 세 언니를 붙잡아두고(벌써 3년째) 이런저런 프로그램으로 언니들과 즐거운 시간을 갖고 있다. 영화도 보고, 쇼핑도 하고, 맛있는 것도 사 먹고, 고스톱도 치고……. 고스톱의 룰이 독특해서 돈을 따도 다 갖지 못하고, 잃어도 빈털터리가 되지 않게 한다나? 금년에는 아버지의 기일을 지나 16일까지 죽치고 여러 날을 즐겁게 보냈는데, 엿새 만에 헤어지면서 그렇게들 아쉬워하는 것이다.

그런데 대천은 언제 보령이란 이름으로 바뀌었을까? 기록엔 1995년 1월 대천시와 보령군이 합쳐 도농복합형의 통합시가 되었다고 한다. 그 유명한 대천해수욕장이 있는 곳이 시로 승격하면서 보령이라 바뀌었다는데, 시내의 많은 지명에 아직도 '대천'이 붙어 있다.

지도에 그려진 보령시는 길다랗다. 하루에 통과하긴 어려워 보인다. 다음 행선지인 홍성에 조금이라도 더 가까이 가고자 주교면에서 묵는다. 어제 저녁 식사를 한 무창포해수욕장 텐트 식당의 아줌마가 정보를 주었다.

"주교면에 가면 모텔들이 좀 있어요."

나는 걸으면서 자주 지도를 본다. 이전에 미처 보지 못한 그 어떤 비밀스러운 것들이 있기라도 한듯 들여다보고 또 보곤 한다. 그러나 지도보다 더 정확한 정보를 얻으려면 역시 현지 사람에게 직접 물어보는 것이 최선이다. 어느 길이 더 가깝냐, 얼마나 걸리냐 물으면 어김없이 그들은 꼭 토를 단다.

"걸으려고요? 안 돼요. 얼마나 멀다고요."

그래도 나는 아랑곳하지 않는다. 키 큰 남자가 40분 걸린다고 하면 그건 내 걸음으로 두 시간이라는 것만 얼른 계산하면 된다. 그래, 나는 나의 지도를 만들어가면 돼. 그것으로 됐어.

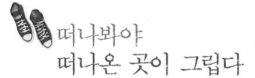
떠나봐야
떠나온 곳이 그립다

어제 적게 걷고 푹 쉰 탓일까, 오늘은 아침부터 역발산기개세주라도 마신 사람처럼 기운이 펄펄 넘친다. 오전 9시 출발, 12시 30분 홍성군 도착. 넓은 늪지 위의 제법 긴 다리가 보령시와 홍성군을 가른다.

홍성군의 관문은 광천읍. 이곳은 '토굴새우젓'으로 유명한가 보다. 어딜 가나 '광천토굴새우젓'이다. 홍성역으로 가는 길목에서 만난 한 아주머니의 얘기로는, 상온 15℃의 토굴이 자그마치 10리에 이르는데, 그곳에 새우젓을 넣어 숙성시킨다고 한다. 그 맛이 가히 일품이겠다 싶다. 새우젓을 넣은 시원한 김치를 맛본 적이 있는데, 진하고 얼큰한 멸치젓을 넣은 김치와 크게 비교되는 또 하나의 맛이다.

홍성군은 성삼문, 한용운, 김좌진 장군의 탄생지라고, 홍성역에

312

그들의 사진과 함께 소개되어 있다.

　언제나 그렇듯이 순례를 끝내고 집으로 가야지, 하는 생각을 하면 갑자기 마음이 바빠지고 가슴이 설렌다. 떠나봐야 떠나온 곳이 그리워지는 마음 같은 것일까? 돌아갈 곳이 있기에 또한 떠남이 아름다운 것이겠지.

깨달음은 낯선 손님처럼
예고 없이 찾아온다

크고 놀라운 깨달음이란, 무심코 길을 걷다가,
운전이나 샤워하는 중에, 좋은 책을 읽다가……
언제든 일어날 수 있다. 그러나 누구에게나 쉽게 일어나는 것은
아님이 분명하다. 일상생활 속에서 알게 모르게 터득되고,
자신도 모르게 그 길로 가고 있지 않던가?

시계보다는
나침반을 자주 봐야

　　　홍성고속터미널에서 서산 쪽으로 접어들려
니 갈림길이 무척 많다. 지도를 잘 보고 신중하게 선택하지 않으면
엉뚱한 길로 접어들기 딱 알맞다. 잘못 든 길을 되돌아 나오려면 다
리도 아픈 데다 짜증까지 겹쳐 여간 피곤한 게 아니다.

　원래 나는 방향 감각이 아주 무딘 편이다. 남들은 대충 이쯤이면
되겠다, 하며 방향을 잘도 잡아 나가곤 하던데 어찌 된 건지 나는
그 점에 대해선 심하다 싶을 정도로 엉망이다. 그래서 길을 잘못 들
어 엉뚱한 길을 헤맨 무용담이 참으로 많다.

　오래 전에 《혼불》의 작가 최명희의 집에 갔다가 운전해 나오는데,
역삼동에서 당시 내 집이 있던 여의도로 가면서 한참을 헤매다 보
니 성남의 정신문화연구원 이정표가 보이는 것이 아닌가?

　최소한 그곳이 내 집 가는 길과는 전혀 다른 방향이라는 것쯤은

알고 있던 터라 스스로 어이없어 하다가 돌아왔는데, 그 동안 그녀
는 내가 잘 도착했는지 궁금하여 전화를 여러 번 한 모양이다. 30
분 정도 걸릴 거리를 두 시간 후에야 잘 도착했노라고 전화를 했더
니, 그야말로 기가 막히다는 반응이다.

"야심한 밤에 차문 걸어 잠그고 조용한 밤길을 헤매는 맛도 그리
나쁘진 않더라 뭐. 하하."

"지금 웃음이 나와요? 늦은 저녁이라 행여 무슨 일이 있을까 봐
전화를 해댄 사람 생각도 좀 해야지요!! 길눈 어둡다는 거 여러 번
들어 알고 있었지만 이 정도까지인 줄은 정말 몰랐네요."

길을 걷다가 잘 모르면 그저 묻는 수밖에 없다. 다행히 길을 잘
아는 사람을 만나 서산으로 접어들 수 있는 길목을 찾았다. 빨리. 가
는 게 능사가 아니다. 조금 더디더라도 제대로 가야 한다. 시계를
자주 보지 말고 나침반을 자주 볼 일이다.

내가 걸을 채비를 하고 회사나 교회를 가면 가끔 사람들이 묻는다.
"그렇게 걸으면서 보통 무슨 생각을 하세요?"
뭔가 생각하고 느끼며 인생을 사는 사람은 그런 점이 참 궁금할
것이다. 그토록 오래 걷고 또 걸으면 심오한 것 하나쯤 건져 올리지
않을까, 일상 속에서 지루해하고 답답해하는 사람으로서는 도저히

깨달을 수 없는 그 무엇을 화두로 던져줄 수 있지 않을까, 생각할 것이다.

그러나 '아하!' 하는 일은 누구에게나 쉽게 일어나지 않았다. 순전히 내가 내 자신에게 주입시키기 위한 말로, 많이 초연해지고 담대해진 것 같다고 스스로 생각하는 정도다.

크고 놀라운 깨달음이란, 무심코 길을 걷다가, 운전이나 샤워하는 중에, 좋은 책을 읽다가…… 언제 어느 곳에서나 일어날 수 있다. 그러나 누구에게나 쉽게 일어나는 것은 아님이 분명하다. 일상생활 속에서 알게 모르게 터득되고, 자신도 모르게 그 길로 가고 있지 않던가?

경치가 아름다울수록 동행이 그립다

쉬엄쉬엄 걸은 것 같은데 거뜬히 4만 보를 넘어섰다. 아무 말 없이 꾸준히 걷는 일이 이제 내게 익숙해졌다. 가끔은 참으로 재미있고 놀라운 생각들도 하게 된다. 나 혼자 깊이 간직하고 싶은 은밀한 생각들도 하게 되고.

홍성에서 서산으로 가기 위해선 예산의 한 지점을 거쳐야 한다. 바로 그곳에 '한국고건축박물관'이 있다. 시내 중심가는 아니지만 수덕사, 덕산온천, 추사 김정희 고택 등과 멀지 않고 주변의 자연경관이 수려하다.

게다가 드물게 한국의 건축미를 한눈에 볼 수 있는 곳이기도 하다. 중요무형문화재 제74호로 지정된 대목장 전흥수 선생이 사재를 털어 1998년에 설립하였다. 장인의 숨결이 느껴지는 곳. 휘익 둘러보고 나오는 나에 비해 아주 꼼꼼히 해설을 듣고, 기록까지 하며 관람하는 무리들도 눈에 띈다.

가끔 유명한 화가들의 전시회에 가서도 나는 그리 자세히 들여다보지 않는 편이다. 그냥 교양인인 체하고 갔다 오는 것으로 만족하는 것인지, 아니면 섬광처럼 스쳐가는 느낌을 즐기는 것인지, 그어느 쪽이기보다는 그냥 하나의 습관처럼 움직일 때가 더 많은 것같다.

서산 시내에 채 못 미쳐 해미에 도착, 해미읍성을 돌아본다. 고창의 모양성, 순천의 낙안읍성……. 모두 한때 그곳에 동헌, 객사, 누각, 감옥 등이 있던 영내였던가 보다. 성곽 길이 1800m, 높이 5m, 면적 약 6만m².

발굴을 위해서라며 여기저기 파놓은 곳들이 많으나, 석양의 바람을 맞으며 성벽을 돌고 영내를 둘러보며 모처럼 표현할 수 없는 한가로움과 로맨틱한 감정을 즐긴다.

누구랑 같이 왔으면 좋았을까? 손 내밀면 흔쾌히 동행해줄 수 있는 사람들이 몇 명이나 될까? 남자일까, 여자일까? 때론 지난 세월에 대한 아쉬움이 걷잡을 수 없이 부풀어 오르나, 꾹꾹 눌러버리는 것이 습관이 되어버렸으니, 이 또한 맘 아픈 일 아닌가?

서산 시내까지 3시간 정도 걷기를 포기하고 일찌감치 쉬기로한다.

아끼는 것만이 능사냐?

아무래도 만보기가 고장 난 것 같다. 전에는 이보다 더 억척스레 걸어도 4만 보 넘는 날이 많지 않았는데 어제, 오늘 만보기가 주인을 좀 불쌍히 여기나 보다. 짧은 컴퍼스에 평발, 오전 9시 이후 시작하여 오후 5~6시로 끝나는 걷기에 내 만보기는 어느 순간 한 바퀴 팽그르르 돌아버리기라도 했나 싶다. 주인의 삶이 팽그르르 돌지 않으니까 얘가 더 안타까워하는가 보다.

해미에서 당진 쪽으로 바로 접어든다. 간밤의 일기예보는 요즘 날씨가 작년의 4월 날씨라고 한다. 지구의 온난화, 모두가 우려하면서 뾰족한 수를 찾기는 어려운 모양이다.

서해안 도시의 국도 변에 있는 카페나 휴게실, 식당 등은 대부분 문을 굳게 닫아 걸었다. 그곳에 건물을 짓고 이름을 내걸고, 500m

당진 석문방조제 야영장.

전후에 광고용 입간판을 내걸었을 때는 적어도 잘될 거라는 희망이 있었을 텐데.

"고속도로도 뚫리고 여기저기 새 길도 났으니, 국도 변 식당이 될 리가 없지요."

서산 운산면에서 오랜만에 문을 연 식당을 만났다. 어렵사리 점심 요기를 하고 물어본 나에게 식당 주인아줌마가 들려준 말이다.

"현대하이스코가 이곳의 유일한 자랑이에요."

길에서 만난 여고 1학년 학생의 당진 자랑이다.

"곧 시로 승격된다며 준비가 대단해요. 그래서 터미널도 시청 부지가 있는 곳으로 옮겼어요. 그곳에 가면 새 건물들도 많고, 아파트단지도 들어서서 아주 새로운 도시 같아요."

말하는 게 하도 침착하고, 지역 정보도 밝아 대학생이나 직장인쯤 되는 줄 알았는데 며칠 후 고등학교 입학식을 앞두고 있는 학생이란다. 어둑어둑한 데서 미처 못 알아보다가 자세히 보니 아주 앳된 얼굴이다.

"앞으로 아기 많이 낳아서 당진이 시로 승격하는 데 일조하세요."

"둘만 낳고 서울 가서 살 건데요?"

"그럼, 당진은 누가 지키라고?"

나의 오지랖 넓은 애국심이 드디어 발동했다.

"인구 많은 게 국력이야. 아기 많이 낳아서 당진을 키우는 데 꼭 힘을 보태요, 응?"

내 말에서 간절함이 느껴진 것일까, 그녀가 알 듯 모를 듯한 미소를 짓는다.

당진을 떠나 경기도 땅으로 접어들면서 서해안고속도로 밑으로 흐르는 바다를 보았다. 내륙지방에서야 국도나 지방도로로 연결되겠지만 이곳은 바다 위로 놓인 고속도로밖에 없어 버스로 평택에 도착했다.

평택의 밤은 불야성이다. 짐을 꽉꽉 실은 자동차가 질주하고 사람들의 왕래도 만만찮다. 다른 지방과 너무나 다른 수도권 도시의 활기!

끝으로 갈수록 더욱 힘내기

후회처럼 어리석은 게 없지만, 그리고 후회 해도 아무 소용이 없지만 후회할 일이 자주 생긴다.

어제 좀 더 자세히 지도를 연구할걸. 그랬더라면 평택 시내까지 들어가지 않고 안중에서 내렸을걸. 그리고 훨씬 일찍부터 쉴 수도 있었을걸. 오늘도 안중에서 화성으로 39번국도를 따라 바로 올라 갈 수 있었을걸. 오늘이 삼일절인데, 제암리 3·1 유적지에도 들러, 기념행사 참석까지는 못 해도 그 여운이라도 맛볼 수 있었을걸.

된소리로 '~걸, ~걸' 하다 보니 자꾸 분통이 터지고 바보 같고 무계획한 나한테 화가 난다. 뭐 심사가 뒤틀리는 일이라도 있었던 사람 같다. 저승에서 제일 많이 하는 말이 '~걸, ~걸'이라더니 내 가 꼭 그 형국이다.

평택 시내를 막 벗어난 곳에서 안중까지는 16km. 최소 적어도 다섯 시간 이상을 일부러 들어갔다가 다시 나온 셈이다.

"근데 너, 걷자고 한 거 아냐?"

"맞지."

"근데 왜 화를 내는 거지?"

"그러고 보니 그러네?"

혼잣말을 하며 손해 본 듯한 야릇한 기분을 애써 떨쳐낸다.

안중 가까이에 만두와 찐빵을 파는 텐트가 있어 들어가 먹고 쉰 후, 주인아저씨에게 여기서부터 발안까지는 얼마나 걸리냐고 물었다.

"그 거리는 절대 못 걸어요. 얼마나 먼데요. 걸을 수 있는 거리가 아니에요."

고개를 절레절레 흔들며 마치 내가 걷기라도 한다면 큰일이라도 날 것처럼 부인, 부정, 거부, 반대한다.

'젊디젊은 남자가 그깟 정도 걷는 걸 갖고 뭐 저렇게 야단일까?'

어두워서 평택에 도착한 어젯밤부터 이 도시의 활기가 예사롭지 않다 했다. 아니나 다를까, 평택에서 안중, 그리고 화성 접경 지역에 이르기까지 수도권 도시의 역동성은 가히 놀랄 만하다.

먼지와 소음 때문이었을까, 이번 순례의 나흘째인 오늘, 다른 때

와는 달리 죽도록 힘이 든다. 평택시의 '잘 가시오'와 화성시의 '어서 오세요' 바로 그 접경의 버스 정류장에서 맥을 놓고 앉았다가 한참 만에 오는 버스에 무조건 올라탔다. 수원행 버스다. 수원에서 전철로 귀가하고 말았다.

　최후의 분투라는 것도 있는데 요즘 나, 너무 자주 지친다. 힘내자, 힘내!!

꿈꾸는 자들의 도시

내 나라 땅을 걸어보면 코딱지만 한 나라라고,
일일생활권이라고 축소 지향적으로만 생각하지 않게 된다.
내 나라는 우리가 꿈을 펼치기에 그렇게 좁지 않다.
땅이 좁으면 마음을 넓히면 된다. 시화호를 바라보며 멋진 카페에 앉아
오전을 보내겠다던 간밤의 철없는 낭만은 사라졌지만
오늘 나는 정말이지 뿌듯했다.

3월 12일 │ 화성 _ 3715보

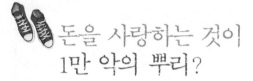
돈을 사랑하는 것이
1만 악의 뿌리?

　　　　　　화성시 향남읍 발안리. 서울에서 가까운 게
오히려 화근이었다. 수없이 많은 교통편 중 어느 것이 가장 빠를까,
정확하게 어디서 타고 어디서 갈아타야 지난번 올라온 곳에서 시
작할 수 있을까……, 이것저것 생각하다 상당한 시간이 걸려서야
발안에 도착했다. 해는 져서 어두운데 찾아갈 곳 찾지 못해 왔다 갔
다 하다가, 안산으로 이어지는 길을 보니 매우 한적한 산길이다.

　저 길이 길고, 숙소를 빨리 찾지 못한다면? 문득 아득하고 무서
운 생각이 들어 그냥 발안에 주저앉았다.

　이상하게 순례의 첫날 저녁은 아무 생각 없이 텔레비전 앞에서
시간을 보내게 된다. 오늘 역시 텔레비전 앞에 앉아 있다가 아주 인
상적인 프로그램 하나를 봤다. 〈빚으로부터의 탈출〉.

　3명의 인기 연예인이 빚에 시달린 얘기다.

330

A는 가수로 인기가 하늘 높은 줄 모르고 치솟을 때 부모님이며 형제들을 위한 선물, 주변 사람과의 회식 등으로 카드를 긁어대다가 갚을 길 없어지자 사채까지 끌어들이고, 결국 협박과 공갈에 시달리며 혼쭐이 났다.

B는 중견 여성 탤런트로, 역시 잘나가던 시절, 주변 사람들의 돈 꿔달라는 부탁에 인정상 차마 거절하지 못하다가 적게는 몇백만 원에서 많게는 몇천만 원까지 해서 1억원 넘게 떼였다.

C 역시 가수로, 친한 친구가 "너, 언제까지 가수 할래? 장사를 해라" 하고 유혹, 장사를 시작했는데 한때 제법 잘되기도 했으나 결국 자기가 가진 모든 걸 다 팔아 직원들 밀린 월급과 빚잔치로 끝내고 말았다.

나 역시 돈 관리에 아주 무딘 사람이다. 철없음, 무계획, 미래에 대한 막연한 기대, 어떻게든 굶지야 않겠지 하는 안일한 생각……. 경제학에서는 돈을 '필요악'이라 한다든가? 필요하기는 한데, 잘못 다스려졌을 때 그것은 악이 될 수도 있다는 말일 것이다. '돈을 사랑함이 1만 악의 뿌리'라고 성경에 적혀 있다. 돈이 수단이 아니고 목적이 됐을 때의 위험을 경고하는 말이다. 돈에 대한 관심은 지나쳐도 문제, 너무 안일해도 문제다.

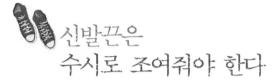

신발끈은
수시로 조여줘야 한다

발안에서 안산 가는 39번국도를 만나려면 어떤 길로 들어서야 하는지 차에서 짐을 나르는 젊은이에게 물었다.

"안산까지 걸어서 가시게요?"

너무 머니까 걸을 수 없다는 답이 또 나올까 봐 나는 방어 자세를 취하면서 딱 부러지게 대답했다.

"네."

"하하, 그래요? 좋죠. 부럽습니다."

오랜만에 긍정적인 대답을 하는 젊은 남자를 만났다. 기분 좋은 아침이다.

길 가다가 귀찮은 것 중 하나가 등산화끈이 자주 풀리는 것이다. 어떤 날은 유독 자주 풀려서 차가 쌩쌩 달리는 길에서 맬 자리가 마땅찮을 때도 많다. 내가 잘못 맨 탓도 있겠지만 어떻든 내 삶의 여

332

러 끈도 수시로 다시 묶고 조이고 점검해봐야 되는 게 아닐까, 생각한다.

걸어서 국토순례를 하다 보니 깨닫게 된 놀라운 사실 하나. 도시마다 다른 얼굴을 갖고 있다. 이 도시와 저 도시가 작은 표지판 하나로 갈리지만 그 분위기는 사뭇 다를 때가 많다.

안산은 녹지 점유율 전국 1위라는 스스로의 자랑이 틀리지 않은 것 같다. 이 자연이 잘 보존되어야 할 텐데. 하나님은 우리가 누릴 수 있는 모든 것을 자연계에 이미 예비해두셨다. 필수불가결한 것일수록 더욱 지천으로 깔아놓으셨다. 공기, 물, 나무를, 산과 바다와 들판에……. 사람들이 그 소중한 것들을 망가뜨리고, 문명이란 이름으로 가공하여 값을 매기고 있을 뿐이다.

이탈리아에서 유독 위대한 조각가가 많이 탄생한 것은 천연 대리석이 풍부한 자연환경 덕분이다. 미켈란젤로의 조각 '다윗' 상은 500년이 넘는 역사를 간직한 걸작 중 걸작이다. 그 동안 많은 수난을 겪어왔지만, 몇 년 전에는 이탈리아 정부가 거액을 들여 보존 작업을 하기도 했다.

그 조각을 만들어낸 돌은 몇몇 조각가들이 쓸모없다고 하여 성전 뜰에 버려진 것이라고 한다. 그런데 미켈란젤로는 그 돌로 그토록 위대한 일을 해낸 것이다.

제자들이 물었다.

"선생님, 어떻게 그런 훌륭한 작품을 만들어낼 수 있었습니까?"

"나에게 조각이란 돌을 깨뜨려 그 안에 갇혀 있는 사람을 꺼내는 작업이다. 나는 필요 없는 부분을 깎아냈을 뿐이다."

안산 시내 중심가는 넓은 광장을 중심으로 제법 큰 건물들이 빙 둘러싸고 있다. 광장은 주차장으로 쓰이고 있고, 주위 건물들은 모두 의식주에 필요한 것을 파는 가게들이다. 수많은 간판들이 크고 높은 건물들에 다닥다닥 붙어 있다.

문득 빅토르 위고가 '세계에서 가장 아름다운 광장'이라 했다는 벨기에의 그랑플라스가 생각났다. 수도인 브뤼셀 시내 중심부에 고풍스러운 건물들로 둘러싸인, 별로 넓지 않은 그 광장의 어떤 건물도 의식주와 관련된 간판은 없었다. 주로 관공서나 역사적인 건물 등이었던 것 같은데, 광장에서는 사람들이 모여 주변의 기념물들을 구경하기도 하고 야외 음악당 역할도 하는 것 같았다.

음식점들은 그 뒷골목에 있었고, 오줌싸개 소년 동상과 반대편에 오줌싸개 소녀 동상이 있었다. 그곳의 한 카페에 앉아 차를 마신 것 같다.

안산의 대형 건물로 둘러싸인 그곳도 벨기에의 그랑플라스처럼 되면 좋겠다고 잠시 생각했다. 그렇다면 안산 시민만이 아닌 세계

안산시 시화호 갈대습지공원에 지어진 휴식용 정자.

의 관광객들이 몰려들어 이곳을 문화의 향기로 적시지 않을까? 그
렇게 만들 만한 소재야 모아보면 안 될 것 없고, 지금부터 만들어가
면 되지 않을까?

외국인 근로자도 우리의 국민

안산의 호수공원 옆을 걷다가 한 아줌마에게 길을 물었다. 시화호를 보고 싶어서다.

"시화호는 시흥에서 시작되지요. 여기서는 글쎄요, 자세히 모르겠는데요. 근데 어떻든 여기서 곧장 가시면 서해안 바닷길이 나오고, 해안도로를 따라 공단들이 죽 늘어서 있어요. 그 길이 시흥·인천으로 이어져요. 좀 멀지만 걸을 만해요."

화성 역시 안산과 마찬가지로 공장지대다. 경기도 일대가 대부분 그런 것 같다. 이런 공장들에서 일하는 외국인 근로자 얘기들을 신문에서 가끔 보곤 했다. 가뜩이나 오그라든 마음으로 왔을 그들이 일도, 말도 서툴어 얼마나 답답하고 괴로울까. 물론 그런 분들을 고용하고 있는 회사 측에서도 어려움이 많을 게다.

불과 몇십 년 전만 해도 우리네 청년들이 외국에 나가 외화벌이를 하면서 이 나라 부의 초석을 쌓았다. 독일과 스페인에서, 베트남과 중동에서, 그리고 아메리칸 드림을 안고 간 미국에서 한국인 특유의 부지런함과 명석함, 그리고 철두철미함과 신속함으로 한국의 이미지를 높이고 위상을 끌어올렸다. 그러나 보이지 않는 곳에서 눈물짓는 사람 또한 많았을 것이다.

한강의 기적 뒤에 누나들의 눈물이

조정래의 장편소설 《한강》을 보면 당시 이야기가 나온다. 박정희 대통령 내외가 독일을 방문했다. 당시 독일엔 한국의 간호사와 광부들이 많이 가 있었다. 육영수 여사가 시간을 내어 한국인 광부들이 많이 취업해 있는 루르 지방을 찾았다. 육영수 여사를 만나러 나온 그들은 새까만 얼굴에 눈만 반짝이는 모습이었다. 국모를 만난 그들과 타지에 내 자식들을 보내 고생시키는 엄마는 뒤엉켜 서로를 붙들고 한없이 울었다는 얘기다. 육 여사의 한복이 온통 석탄가루와 눈물로 뒤범벅되었을 모습이 떠오른다.

그들 대부분은 유학이 어렵던 그 시절에, 공부를 더 하기 위한 방편으로 광부를 지원했고, 부모와 형제를 부양할 억척스런 생각으로 간호사로 떠났다. 실제로 그들 중 많은 사람이 여러 분야에서 성공했고, 내가 사랑하는 후배 미옥이네 부부도 그 중 하나다. 그 부부는 그야말로 성실과 인내로 언어와 인종차별의 장벽을 넘어섰다.

미옥이네 부부는, 지금 프랑크푸르트의 매리어트호텔 1층에 '동경'이라는 자그마하지만 번듯한 레스토랑을 갖고 있다. 눈썰미가 뛰어나고 창의력도 풍부한 미옥이는 레스토랑의 집기부터 실내외 장식까지 그만의 솜씨를 발휘하여 '동경'은 날로 번창하고 있다.

2000년도에 내가 이집트 단기 선교를 끝내고 암스테르담에서 디브리핑(보고) 준비를 하던 중 이틀의 시간을 내어 그곳에 들렀을 때, '동경'은 가을의 정취를 물씬 풍기며 도도하게 빛나고 있었다.

그들은 독일에서 만나 결혼했고, 아들 둘과 딸 하나도 그곳에서 낳아 길렀는데, 셋 모두 완벽에 가까운 한국어를 구사했다.

"어렸을 때 애들이 한국어를 제대로 못하면 벌도 주면서 아주 무섭게 가르쳤지요."

그래, 세상에 거저 되는 것은 없다.

오늘날 우리는 이 땅에 일하러 온 여러 나라의 근로자와 학생들을 감싸 안아야 한다. 왜 내 나라 사람도 밥 굶는 사람 있고 일자리 없는 사람 많은데, 외국 사람에게 일자리 주고 밥 주느냐는 시각을 가진 사람도 있을 것이다.

동남아시아에서 온 외국인 근로자들로 붐비는 안산의 거리. 과거 미국이나 독일이 그랬듯 우리도 가난한 외국인 근로자들을 사랑으로 감싸 안아야 한다.

그러나 일찍이 서구 선진국들이 자기네 나라 가난 구제 다 하고, 자국민의 일자리 다 채우고 후진국들을 돕기로 했다면 우리나라는 이토록 짧은 시간에 번영을 이루어내지는 못했을 것이다. 우리가 해외로 나가 달러벌이를 할 수 있었던 밑바탕에는 역시 그들 선진 국들이 있었으니까. 미국은 여전히 자국민의 1%가 홈리스지만 전 세계를 향한 구호의 프로젝트를 끊임없이 행하고 있지 않은가.

반월공단을 끼고 걷는다. 이렇게 많은 공장들이 있다니, 그리고 건물들이 모두 이렇게 깨끗하고 번듯번듯하다니. 공장이라는 말이 주는 이미지가 이제는 꿈을 만들어내는 곳으로 바뀌기라도 한듯, 색깔도 멋있고, 외관도 각양각색이다. 다만 바다와 하늘이 더 이상 푸르지 않는 것이 안타깝지만 높은 산에 올라가보라, 그곳에서 보이는 하늘은 여전히 푸르고 아름답다.

바다는 꿈을 갖게 하지만 산은 도전하게 한다. 그런가 하면 바다에 도전하는 사람도 많고 산 너머 저 너머에 행복이 있다고 꿈을 꾸는 사람도 많다.

산 너머 저 멀리 먼 하늘에
행복이 있다고 사람들은 말하네.
아, 나는 남들 따라 찾아갔다가

눈물만 머금고 돌아왔다네.

산 너머 저 멀리 아주 먼 곳에

행복이 있다고 사람들은 말하네.

칼 붓세의 '산 너머 저쪽'이라는 시다. 그러나 우리 젊은이들의 꿈은 토실토실하고 알차서 눈물만 머금고 돌아오는 이들보다 한 움큼 튼실한 열매를 갖고 돌아오는 이들이 더 많았으니, 오늘 우리는 그 모든 분들께 감사, 감사해야 할 것이다.

나이는 숫자에 불과하다

이어지는 공장들로 인해 흐뭇해하고 먼 바다를 보며 꿈꾸는 것도 잠시, 배가 고픈데 도대체 나그네가 쉬어 갈 만한 곳이 보이지 않는다. 오로지 보이는 것은 쌩쌩 달리는 차들과, 그것도 짐을 가득가득 실은 무시무시하게 큰 차와 공장들뿐이다.

"어라? 근데 저기 '식당·매점' 간판 옆에 '외부인 환영'이라 써 있네?"

"들어가 잡숴보세요. 3500원인데 맛있어요."

식사를 마치고 밖에 나와 쉬고 있는 직원인 듯싶은 사람의 대답이다.

'삼영피앤텍'.

고슬고슬한 쌀밥에 뭇국, 기름 안 바른 김구이(이것이 진짜다), 잡채, 김치 두 종류, 깻잎…… . 우와, 이전까지 먹어본 그 어떤 식당 음식보다 맛있고 정갈하다. 그뿐인가, 직원들도 친절하고 식당도 깨끗하다.

"아줌마, 이렇게 도보 여행하시는 거예요? 와우, 나도 저렇게 살아야 하는 건데, 부러워요."

시간이 있어 여행하는 사람을 보면 젊어서 일 때문에 꼼짝 못하는 사람들은 모두가 한 마디씩 한다. 그러나 시간 있어 봐라, 젊음이 얼마나 부러운가.

하기야 새뮤얼 울만은 청춘이란 인생의 어느 기간이 아니라 마음 상태를 말하는 것이라고 했다. 때로는 20세의 청년보다 60세 된 사람에게 더 청춘이 있다고도 했다.

> ……영감이 끊어져 정신이 냉소라는 눈에 파묻히고,
> 비탄이란 얼음에 갇힌 사람은
> 비록 나이가 이십 세라 할지라도 이미 늙은이와 다름없다.
> 그러나 머리를 드높여 희망이란 파도를 탈 수 있는 한
> 그대는 팔십 세일지라도 영원한 청춘의 소유자일 것이다.

그런데 오늘은 왜 이리 시가 떠오르는 거야. 그런데 만날 남의 시네? 내게는 이럴 때 읊어볼 만한 자작시 하나도 없는 거야?

마침 나와 같은 식탁에 앉은 사람들이 알고 보니 베트남 사람들이다. 얼핏 봐선 우리와 크게 다르지 않다. 얼굴도 밝고 식사도 잘하고 예의도 바르다. 또 못 말리는 나의 외국인 껴안기 심사가 발동을 한다.

"한국 음식 괜찮아요?"

"그럼요, 맛있어요."

한국인들과 어울리기엔 아직은 서툰 듯, 여섯 명이 같이 있어 다행이다 싶다. 저쪽 테이블의 여자 열 명도 베트남에서 왔다고 일러준다. 직원 100여 명 중 외국인 16명. 이 공단에 이런 사람들이 많이 있을 것이다.

미국이 오래도록 세계 최강을 유지할 수 있는 비결은 '아메리칸 드림'을 가진 패기 만만한 젊은이들이 전 세계로부터 몰려들기 때문이라는 기사를 읽은 적이 있다. 그들은 성공을 꿈꾸며 미국으로 건너가, 온갖 간난을 무릅쓰고 성공을 쟁취한다. 그 성공은 자신과 자신의 나라, 그리고 미국을 동시에 발전시키는 원동력이 된다.

이제 '코리안 드림'을 갖고 동남아를 비롯한 세계 여러 나라의 젊고 유능한 인재들이 이 땅을 찾아오고 있다.

꿈꾸는 자들이여 오라! 젊은이들이여 오라!

땅이 좁으면 마음을 넓히면 되지

정왕천이란 작은 내를 가운데로 두고 안산과 시흥이 갈린다. 내라기보다는 바다에서 움푹 들어온 물길이다. 지금까지는 도시와 도시간의 갈림길을 내내 육지에서 건넜다. 그러나 오늘은 바다를 왼쪽으로 바라보며 작은 다리를 건넜다.

시화호, 한때 신문지상에 어지간히 오르내리던 인공 호수. 시흥에서 대부도, 영흥도까지 바다를 막아 인공 호수를 만들고 있는 곳이다. 이것은 과연 생태계 파괴일까, 아니면 생산적인 국토 넓히기일까. 부디 대자연의 흐름을 거스르지만 말았으면 좋겠다.

내 나라 땅을 직접 걸어보면 코딱지만 한 나라라고, 일일생활권이라고 축소 지향적으로만 생각하지 않게 된다. 내 나라는 우리가 꿈을 펼치기에 그렇게 좁지 않다. 땅이 좁으면 마음을 넓히면 된다. 시화호를 바라보며 멋진 카페에 앉아 오전을 보내겠다고 하던 간밤의 철없는 낭만은 사라졌지만 오늘 나는 정말이지 뿌듯했다.

끊어질 듯 아픈 다리를 또 다른 '외부인 환영' 구내식당에서 쉬게 한다.

'TCB코리아'.

오후 3시. 식사 때가 아닌 구내식당은 썰렁하나 일감을 손질하던 아줌마의 따뜻한 마음으로 한참을 쉬었다 일어났다.

지도상 시흥의 삐죽 튀어 나온 곳에서부터 시화방조제는 시작된다. 바다를 막아 양옆으로 제방을 높이 쌓고, 그 위로 4차선 도로를 내고 널찍한 인도를 내었다. 영흥도 27km, 영어마을(안산 캠프) 26km, 대부도 12km. 길고 긴 길이 바다 가운데로 뚫려 있다.

2km쯤, 바다 한가운데를 막아 낸 길을 따라 걷다가 되돌아섰다. 바닷바람에 내 몸과 머릿속의 모든 노폐물이 다 빠져 나가는 것처럼 속속들이 시원하다. 모자를 굳이 손으로 잡지 않아도 될 만큼의 바람이기에 더욱 상쾌했다.

시흥 오이도에서의 저녁 식사. 오이도의 횟집은 도대체 몇 개나 될까?

황혼이 오고 있다. 밥 먹고 조금 쉬었다가 오늘 저녁 쉴 곳을 찾기 위해 벌떡 일어났다. 40분은 더 걸었는데, 내 다리는 언제 그랬느냐 싶게 씩씩하기 그지없다.

걷고 또 걸은 내 몸의 근육은 더욱 힘을 얻고, 에너지는 더욱 넘친다. 내 육체의 나이는 게으름과 비만으로 뒹구는 30대보다 나아 보인다. 어쩐지 새뮤얼 울만의 '청춘' 몇 구절이 떠오르더라니.

3월 15일 | 인천-서울 _ 1만1658 보

걷는다는 건
무한한 미래를 내다보게 하는 것

시흥에서의 아침 9시, 운동 나온 주부들과
물을 떠 나르는 남자들로 활기차다. 길가의 가로수며 드넓은 공원
들이 시민들의 안식처가 되기에 너끈해 보인다. 널찍널찍한 길들
을 2시간 넘게 걸어 월곶포구에 도착했다. 월곶 신도시, 포구와 상
가들이 신도시다운 활기로 넘친다.

바다에서 움푹 들어온 물길 위로 난 다리를 건너 인천의 관문인
소래에 들어섰다. 좁디좁은 그 다리를 건너며 죽는 줄 알았다. 듬성
듬성한 철망 다리 저 아래로 넘실대는 바닷물이 보이는데, 온몸에
소름이 돋고 다리가 후들거려 빠질 것만 같았다. 손에 든 볼펜이 아
래로 떨어질 것 같아 지도와 수첩을 더욱 꼭 쥐었다. 뜻밖의 장면에
서 어이없이 졸아드는 내 모습이라니!

'네 한계를 네가 알렸다! 공연히 깝죽대지 말고, 앙?'

346

인천 다음이 김포이고, 김포의 애기봉에서 마무리짓기로 한 그 인천에서 갑자기 힘이 쭉 빠지는 느낌을 갖는다. 주유소 옆의 조그마한 쉼터에 앉아 다리도 쉴 겸 군것질을 하다가, 마침 차를 닦고 있는 경찰에게 다가가 길을 물었다.

"서울로 가고 싶은데 여기서 어떻게 가면 되지요?"

"아, 이제 차를 다 닦았는데 버스 탈 수 있는 곳까지 모셔다 드릴게요."

그런데 그 경찰은 너무나 친절하고 배려가 넘쳐서 문제였다.

"아니, 연세가 어떻게 되는데 이렇게 걸으세요?"

'아니, 지금 이 양반이 나를 상할머니로 보고 있잖아?'

"괜찮아요. 나, 아주 건강해요."

"건강도 좋지만 제발 몸 상태 봐가면서 다니셔야 돼요."

전철역 가는 시내버스를 탈 수 있도록 장수란 곳에서 내려주면서 어찌나 친절하고 싹싹하게 배려하는지, 속이 뒤집히는 줄 알았다.

'근데 이 할머니, 친절하게 해드려도 문제야. 떼끼!!' 나를 한바탕 나무라놓고 송내역 가는 버스를 탔다. 그리고 송내역에서 전철을 타고 서울로 돌아왔다.

아! 이제 한 번 남았구나. 걷는다는 것은 무한한 미래를 내다보게 하는 것 같다. 자꾸만 하고 싶은 일이 떠오르니, 이제 골라잡을 일만 남았다.

열여덟 번째 순례

2007년 5월 1~3일, 인천에서 김포시 애기봉까지

나를 찾기 위한 순례는
끊임없이 계속되리라

많은 사람과의 만남과 얘깃거리가 있었더라면 더욱 좋았을까,

더 많은 볼거리들을 둘러보고 전했더라면 더욱 좋았을까,

아니면 뭘 더 했더라면 보다 더 의미가 있었을까?

'내 안의 무엇을 찾기 위해' 시작한 순례였지만 과연 그것을 찾았는지는

잘 모르겠다. 다만 이 순례가 끝나도 나를 찾는 내 마음 속의 여행은

끝나지 않을 것이라는 점은 분명하다.

그래, 지금부터가 시작이다.

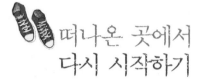

떠나온 곳에서
다시 시작하기

오후 3시, 부천시 송내전철역에 도착했다. 인천은 대도시인 만큼 밤에 걸어도 으스스하거나 쓸쓸하지 않을 것 같아 강행군 좀 해보자고 맘먹고 씩씩하게 걸었다. 서울 못지않게 활기찬 거리들을 덩달아 신이 나서 걷는데 저녁이 되자 날씨가 심상치 않다. 저녁 식사를 하고 슈퍼마켓에 들러 낼 아침 먹을거리를 사고 나와 보니 무지막지하게 폭우가 쏟아진다.

자연의 섭리 앞에서 인간의 계획이란 그야말로 무력하기 이를 데 없다. 황급히 택시를 잡아타고, 이곳에서 가장 가까운 모텔에 내려달라고 급한 주문을 해댄다. 밤길을 홀로 걷는 낭만은 또 다시 기약할 수 없는 일이 되고 말았다. 빗소리를 들으며 호젓한 방에서 《도요타 최강경영》을 읽는다.

애초에 고로모 정이라는 농촌 마을이 70년의 세월을 거치면서

도요타 시로 승격했고, 그들의 생산 공정에서 '도요타 방식'이란 말이 생겨났다. 결코 현재에 만족하지 않고 끊임없이 개선한다는 도요타의 생산방식에서 '카이젠'이란 말이 나왔고, 이 말은 세계 공통어로까지 쓰이게 되었다. 지금 도요타 시는 일본의 최고 부자 도시가 되었다.

산천이 변해도 수없이 변했을 그 세월 동안 내내 진보와 발전을 유지, 계승해 올 수 있었던 것에 도요타의 저력, 일본의 저력이 숨어 있는 것 같다.

"리더십의 핵심은 변화를 이끄는 힘이다"라는, 전 휴렛팩커드 최고경영자인 칼리 피오리나의 말이 떠오른다. 변화에 잘 적응만 해도 괜찮은 사람이겠는데, 그것으로는 부족하다는 것이다. 변화를 이끌어내야 한다는 것이다. 그것 역시 끊임없는 개선을 통해 이루어지는 것이겠지.

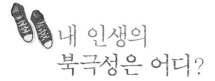

내 인생의
북극성은 어디?

　　　　　　애기봉을 코앞에 두고, 계획한 국토순례의 마지막 밤을 보낸다. 어제는 나의 '방향 감각'이 또 한 번 심각한 문제를 일으켰다. 갑자기 쏟아지는 폭우로 택시를 타면서, 내일 김포로 가야 하니까 가능하면 북쪽으로 가달라며 허둥대는 내게 기사는 "아무튼 가장 가까운 곳의 모텔에 내려드리면 되지 않겠느냐?"며, 혹 택시요금 덜 내려고 안달하는 사람 대하듯 황급히 내려주고 떠났다.

　문제는 나였다. '가정 오거리'란 곳에서 북쪽으로 가야 하는데 남쪽으로 가는 택시를 잡아타면서 그런 주문을 해댔으니 기사가 어리둥절했을 법하다. 내내 지도를 보면서 걸었는데. 슈퍼마켓에서 나온 다음부터 뭔가 뒤틀린 게 틀림없다. 나는 절대로 '아까 그 길'은 못 찾는 사람이니까.

인생이란 길 위에서도, 나는 과연 내 삶의 정북향을 정해놓고 살고 있는가? 내가 가는 길이 정말 내가 간절히 원하는 방향인지, 아니면 궁여지책으로 정해놓고 꿰맞추며 사는 건 아닌지 궁금해진다. 그런 불안이 엄습해오면 한동안 두렵고 안절부절 못하게 된다. 긴긴 순례 기간 동안에도 그런 의혹은 자주 내 가슴을 무너지게 하곤 했다.

'나, 지금 뭐 하고 있지?', '이대로 괜찮은 거야······?'

아주 가끔이지만, 이전 직장을 그만둔 후의 일이 떠오를 때가 있다. 퇴직하고 한 달쯤 후에 송별회를 갖게 되었다. 간부급으로만 열댓 명 정도가 모였는데, 자리가 자리인 만큼 보내는 사람들이 죄지은 것처럼 조심스러워하느라 자못 어색하였다.

한쪽에서는 약간 볼썽사나운 술주정이 일고 있는데, 바로 내 앞에 앉아 있던 동료 한 사람의 눈이 갑자기 벌겋게 상기되는 거였다. 눈에 물이 흥건히 고이더니, 이내 굵은 눈물이 후드득 볼을 타고 흘러내렸다.

그는 자기의 모습을 들킬까 봐 주먹으로 우두둑 눈물을 닦아냈다. 그러고도 한동안 아무 말도 하지 않았다. 그는 자녀가 많았는데, 한 명도 여우살이를 하지 못한 집 가장이었다. 누구를 원망할까? 그냥 아픈 걸 참을 수 밖에 없었을 것이다.

나는 내가 원하는 직장에서 재미있게 일을 했다. 내가 정말 유능했다면 감원 대상에 올랐을까? 일을 잘 못하고 실력이 없어도 나를 높은 자리에까지 올려주면 좋겠지만 그것은 나의 욕심일 뿐, 사회는 어차피 적자생존이다.

오늘 저녁 문득 그 일이 다시 떠오른 건, 나는 분명 내 삶에 새 살이 돋도록 노력하고 있기 때문이다. 노력의 결과는 하늘이 알아서 할 일이다. 내가 용서할 사람은 오직 나 자신뿐이다. 내일 기름진 김포평야를 걸으면서 내 마음에 풍요의 씨앗 하나를 더 심어보자.

김포평야로 유명한 도시. 어둑어둑해지자 논에서 개구리 소리가 구슬프다. 계획한 애기봉을 지척에 두고 일부러 미완의 여로를 만끽한다. 내일 가자. 내일은 또 내일의 태양이 떠오르니까.

지금부터 나의 꽃은 활짝 피리라

논과 밭이 많다는 것은, 길이 좁고 곁길이 많다는 말이기도 하다. 그리고 상대적으로 길 가는 사람은 적다는 얘기다. 조용하고 평화로우나 길을 물어야 할 때가 한두 번이 아니어서, 애기봉까지 가기 위해선 많은 어려움을 겪어야 했다. 조금 가다 다시 갈림길이 나오면 사람을 붙들고 물어야 하는데, 물어볼 사람을 찾느라 고적한 논두렁길에서 하염없이 서 있기도 했다.

점심을 먹으면서 주인아줌마로부터 아주 가깝고 쉽다는 지름길을 안내받아 출발했다. 그러나 막상 얘기한 대로 가다 보면 상황은 전혀 다르다.

"앞에 보이는 큰길로 가면 빙 돌지요. 저희 집 뒷길이 지름길이에요. 직진해서 한참 가다가 군부대가 나오면 그걸 끼고 우회전하고, 다시 한참 가다가 차가 다니는 길에서 좌회전하면 돼요."

그런데 그게 아니었던 거다. 지름길이라더니 갈림길이네? 그 길을 잘 아는 사람이 자기 나름으로 가르쳐준 길과, 초행의 내가 더구나 길 위에만 서면 어리벙벙해지는 내가 가야 하는 길은 아주 다른 것이었다. 그가 말하는 조금과 내가 인식하는 조금, 그가 말하는 직진과 내가 생각하는 직진 또한 아주 달랐다.

이번 순례 기간 내내 그랬지만, 오늘따라 길을 물을 때마다 손을 절레절레 흔드는 사람들 때문에 신경이 몹시 곤두섰다. 그들의 반응은 한결같았다. 물음에 답을 하기 전에 일단 의아한 눈길부터 보내는 거다.

"아이고, 애기봉엔 왜 가세요?" 마치 '미쳤어요?' 하는 표정이다.

"네? 거기가 어딘데 걸어서 가요?" 하며 사뭇 의심스럽다는 듯이 내 위아래를 훑어본다.

"걸어서는 못 가요" 하며 양손을 절레절레 흔든다.

"허허, 거기까지 얼마나 먼데 여기서부터 걸어요?"하며 사뭇 안됐다는 듯이 유심히 바라보기도 한다.

하루에도 몇 번씩 이런 경우를 당하면 내 몸의 에너지가 뚝 떨어지고 모든 사람들을 방어적으로 대하게 된다. 그들의 일체의 반응을 일거에 묵살하고, "아 글쎄, 어느 길로 가느냐고요? 그것만 알려주세요" 하고 싸울 듯이 정색을 하고 묻게 된다.

내가 걷는다는데 그들이 손을 휘젓는 이유를 도무지 모르겠다.

하긴 어제 김포의 한적한 마을에 있는 가구점에 다리도 좀 쉴 겸 들어갔는데 아주 반색을 하며 이것저것 세심하게 챙겨주던 아주머니도 있었다.

"아줌마, 오늘 아주 인심 좋은 사람 만난 거예요" 하면서 시원한 허브차 한 잔에다 내 물병에 새 물을 넣어주고 마주 앉아 30여 분간 얘기를 나누기도 했다.

"이곳에 전원주택들이 들어서고 있어서 저희 집 가구들이 많이 들어가지요. 저도 아주머니처럼 좀 걷고, 여행도 하고 싶은데 남편도 도와야 하고, 애들 뒷바라지에 항상 밀리네요."

"이렇게 분위기 있는 가구점에 앉아 있으면 얼마나 좋아요. 꿈을 파는 집 같네요."

그녀에게 힘을 북돋워준다. 한참을 앉았다가 나오는 내게 "아주머니 파이팅! 꼭 완주하세요" 하고 주먹을 불끈 쥐고 흔들어준다.

숙소에서 출발한 지 2시간 30분 만에 '애기봉 입구'라는 팻말이 보이고, 걸어서 다시 30분쯤 가니 방문객 접수처가 보인다. 근데 누구든 걸어서는 못 들어간다는 것이다. 아예 경내에 도보자를 허용치 않는다.

일단 서류를 작성하고 있는데 마침 한 젊은 여성이 들어온다.

"혹시 좌석이 있으면 한 자리 끼어 갈 수 있을까요?"

"그러죠 뭐. 저 혼자예요."

덕분에 아름다운 경내를 편안하게 차로 올라간다.

"혹시 이북이 고향이세요?"

나이 지긋한 사람이 혹 고향 그리워 찾아온 게 아닌가, 생각하나 보다.

"아닌데, 그쪽은요?"

"제 할머니 고향이 이북이세요. 지금 일흔여덟이신데……."

그녀는 가끔 이곳에 온다 했다. 집이 근처에 있는 것도 아니라 했다. 무엇이 그녀로 하여금 이곳으로 오게 했을까? 그냥 조용한 시간을 갖고 싶어서일까? 혹 아이디어가 필요한 어떤 일을 하고 있는 걸까?

순례를 시작한 2년 반 전, 동해안의 통일전망대에서는 걸어서는 못 들어간다고 하여 그 입구에서 돌아 나왔었다. 그 뒤 금강산 갈 때 결국 들어가보긴 했으나 단체가 썰물처럼 움직이는 바람에 제대로 봤다고는 할 수 없다. 오늘, 계획했던 대로 애기봉에 도착했다.

애기봉은 우리나라 서쪽 최북단인 경기도 김포시 하성면 가금리와 조강리 경계에 있는 해발 154m의 야트막한 산이다. 애기봉 전망대에 서면 북한의 개성직할시 판문군 조강리 일대를 최단거리에서 볼 수 있어, 북한 주민의 생활모습과 대남방송, 선전용 위장마을

애기봉 전망대에서 바라본 북한의 마을 풍경.

및 각종 장애물을 조망할 수 있다.

　연말만 되면, 대형 크리스마스트리가 세워지는 기사를 접하곤 하면서 군사시설로만 기억하는 애기봉은 뜻밖에도 평양 감사와 기생 '애기'와의 일화가 서려 있는 곳이다. 병자호란 때 피란을 가면서 감사라는 양반이 애첩을 데리고 가다가 헤어지고, 기생은 임을 그리다가 죽었다는 얘기다.

애절한 이야기라기보다는 세상에, 본부인 놔두고 애첩과 피란길에 오른 평양 감사는 요즘 식으로 하면 삭탈관직당해 마땅한 일을 한 것인데, 어떻든 역사의 기록은 남자들이 했으니까 미화를 하다 못해 기념까지 하게 된 모양이다.

그 후 1966년 10월 7일 박정희 전 대통령이 이곳을 방문하여 굳이 그렇게 내려온 전설이라면, 강 하나를 사이에 두고 오가지 못하는 우리 1000만 이산가족의 한을 생각하자며, 그 동안 154고지로 불리던 이 봉우리를 '애기봉'이라고 정식 명명하고, 친필 휘호까지 써주었다 한다.

애기봉에서 국토순례를 끝내기로 했을 뿐, 그곳이 내게 특별한 의미를 갖는 곳도 아니기에 한참을 무심히 왔다 갔다 했다. 그리고 지나온 시간들을 음미하였다. 그 동안 나는 얼마나, 어떻게 바뀌었을까?

'세리머니하게 뭐라도 준비해올걸 그랬나?'

별로 할 일도 없으면서 그냥 내려와 버리기엔 어쩐지 허전하다는 생각이 들었다.

'여기서 기록에 남길 만한 것 뭐 하나 건질 수 없을까?'

자꾸만 억지마음을 먹으려 애쓰다가, 평소에 잘 안 찍던 사진도 좀 찍고—순례 기간 중 유일하게 카메라를 들고 왔으니까—아쉬움을 안고 그곳을 떠났다.

"임자야! 수고했다"

'한강제방도로'를 따라 바닷물이 들어와 한강과 합류되지 못하
도록 둑을 쌓아놓은 지점까지 걸었다. 걷다가 뻥튀기도 사 먹고, 씽
씽 달리는 차와 나란히 걷다가 문득 '다 먹은 밥에 코 빠뜨릴라' 하
며 조심스럽게 옆으로 비켜서기도 했다. 킬킬 웃기도 하다가, 이제
정말 국토순례는 끝난 것 맞지? 하며 미심쩍어하기도 했다.

내친김에 온 밤을 새서라도 집까지 걸으리라, 마지막을 그렇게
장식하리라 하던 생각을 또 접었다. 지독할 정도로 피로가 엄습해
왔기 때문이다.

운양동이란 곳에서 쉬기도 할 겸 가게에 들어가 라면을 먹고 있
는데 동생 경자한테서 전화가 왔다.

"언니, 한의사가 제일 싫어하는 말이 뭔지 알아?"

"글쎄."

"밥이 보약이다. 하하."

"하하, 그렇겠다."

"변호사가 제일 싫어하는 말은?"

"~?"

"그 사람, 법 없이도 살 사람이다."

둘이서 배가 끊어져라 웃는데 두 남자가 들어와 어이없다는 듯 쳐다본다. 그분들께 그 수수께끼를 냈더니 그까짓 거 알아서 뭐해요? 하는 표정이다. 그러나 어떻든 말이 터져서 그들은 서울의 퇴계원까지 가는 분들이고, 우리 집 부근을 지나서 간다며 데려다주겠단다. 도처에 좋은 사람 투성이다.

산업교육기관 강사로서의 새 일을 하면서 익숙해지지도, 유능해지지도 않는 나 자신 때문에 많은 생각을 하게 됐고, 나름대로 많이 겸손해지기도 했다. 사람들은 현재의 나를 보고 판단한다. 지금 하는 걸 보면 과거에 닦아놓은 내공이 어느 정도인지를 알아차리게 된다.

'내가 누군데?' 혹은 '이래 봬도 내가 과거에는……', 이렇게 해봐야 아무 소용이 없다. 모든 사람 가슴 가운데 은근히 자리 잡은 우월감, 그것은 실제로 자신이 우월한 위치에 있지 못할 때 한낱 변명거리밖에 되지 못한다.

'지금의 네 모습을 잘 봐!', '네가 할 수 있는 것이 무엇인지 그것을 보여줘 봐!' 하는 무언의 대답이 돌아올 뿐이다. 미래의 나를 만들어가는 것, 그것이 지금 내가 해야 할 일이다.

다리도 아프고 머릿속은 하얀데, 기분은 더없이 좋고 마음은 따뜻하다. 많은 사람과의 만남과 얘깃거리가 있었더라면 더욱 좋았을까, 더 많은 볼거리들을 둘러보고 전했더라면 더욱 좋았을까, 아니면 뭘 더 했더라면 보다 더 의미가 있었을까?

내 나이 예순다섯. 남들은 집에서 손자들 재롱 볼 나이에 누가 등 떠민 것도 아닌데 혼자 길을 떠났다. 2년 반 동안 열여덟 번에 걸쳐 우리나라를 한 바퀴 돌았다. 때론 지독한 외로움에 시달리며, 때론 사소한 일에 감동하며 길 위에서 보낸 시간들이었다.

'내 안의 무엇을 찾기 위해' 시작한 순례였지만 과연 그것을 찾았는지는 잘 모르겠다. 다만 이 순례가 끝나도 나를 찾는 내 마음 속의 여행은 끝나지 않을 것이라는 점은 분명하다.

그래, 지금부터가 시작이다. 지금부터 나의 꽃은 활짝 피리라.

임자야, 수고했다!!

국토순례를 하는 데 꼬박 2년 반이 걸
렸지만, 그 얘기를 책으로 내는 데에도 꽤나 오랜 시간이 걸렸다.
그 사이 많은 일들이 일어나기도 했지만 그 것보다는 더 많은 염려
들이 발목을 잡았기 때문이다. 과연 이 일을 하는 게 좋은가?

그러나 때가 차서, 나의 국토순례 이야기는 아름답게 모양을 갖
춰 세상에 모습을 드러내게 되었다. 길을 걸으면서 지난날의 많은
일들이 떠오르고, 나와 얽힌 사람들과의 얘기들이 연상되곤 하여
그것들을 다독이듯 이곳에 털어놓았는데, 그 모든 것이 하나의 얘
기로 그냥 다정하게 들렸으면 하는 바람이다. 그러면서 문득 내가
다시 태어난다면 나는 어떻게 살고 싶을까, 하는 생각을 해보았다.

청소년기에 책을 많이 읽을 것이다. 그래서 좀 더 성숙되고 당찬
사람으로 살고 싶다. 항상 어리석고 철없었던 게 많이 걸리기 때문
이다. 육체의 건강을 위해 꾸준히 노력할 것이다.

'건강한 육체에 건강한 정신' 이란 말은 생각할수록 중요한 말 같다. 책상머리에 앉아서는 우주를 볼 수 없다. 그리고 일이 아닌 휴식을 위해 반드시 1년에 한두 차례 '아까운 시간' 을 뚝 잘라낼 일이다. 지루함, 변화 없음은 나의 모든 시간을 무료하게 만들 뿐이다. 시간이 든다고? 돈이 든다고? 여자이기 때문에? 이제는 그런 것들이 한갓 핑계라는 것을 나는 확실히 알고 있다.

결혼도 할 것이다. 그리하여 '엄마!' 라는 소리를 들어볼 것이다. 세상에서 가장 아름답고 따뜻한 그 말, 어쩌면 내가 이 땅에서 놓친 가장 아까운 것인지도 모르는 그 말을 꼭 듣고 싶다. 가을엔 코스모스 길을 걷기도 하고, 겨울 바다나 밤 바다의 낭만도 만끽하고 싶다. 사랑하는 사람들과 화롯가에 앉아 따끈한 차와 군밤, 군고구마를 먹으며 밤새워 얘기 나누는 일도 수시로 할 것이다.

마지막으로, 아주 어려서부터 하나님과 함께 할 것이다. 순수하고 깨끗한 영혼일 때 하나님을 알아 지혜롭고 정결한 내가 되고 싶다.

　원고를 출판사에 넘겨놓고, 요즘 많은 사람들이 관심 있어 하는 스페인의 '카미노 데 산티아고'에 50일간 다녀왔다. 원래의 800km에 요즘 들어 늘어난 120km를 더하여 자그마치 920km를 발에 물집 하나 없이 건강하고 씩씩하게 갔다 온 것이다.
　이제 다음엔 또 무엇을 할 것인가를 생각해야 한다. 또 거리로 나설 것인가, 아니면 내 맘속에 불씨로 남아 있는 그 일을 할 것인가! 중요한 것은 나의 이런 작은 행보들이 이웃들에게도 불씨가 되어 우리 모두 건강한 삶을 누리는 일이다.
　감사하고 감사할 뿐이다.

인용문 출처

구본형 《낯선 곳에서의 아침》 을유문화사
스티브 런던 《펄떡이는 물고기처럼》 한언
파울로 코엘료 《연금술사》 문학동네
유홍준 《나의 문화유산답사기》 창비
줄리아 카메론 《아티스트 웨이》 경당
엘리자베스 퀴블러로스 《생의 수레바퀴》 황금부엉이
강인선 《미군들 웃음도 말도 사라져》 조선일보 2003년 3월 25일자
나폴레온 힐 《생각하라! 그러면 부자가 되리라》 국일미디어
새뮤얼 스마일즈 《셀프헬프》 21세기북스
에노모토 히데타케 《마법의 코칭》 새로운제안
김영애 《갈대상자》 두란노

내 꽃도 한 번은 피리라

1판 1쇄 인쇄 2009년 5월 21일
1판 1쇄 발행 2009년 5월 28일

지은이 | 이임자
사진 | 동아일보 사진 DB파트
일러스트 | 최지은

발행인 | 김재호
편집인 | 이재호
출판팀장 | 김현미

편집장 | 박혜경
아트디렉터 | 윤상석
디자인 | 박은경
마케팅 | 이정훈 · 유인석 · 정택구
교정 | 고연주
인쇄 | 중앙문화인쇄

펴낸곳 | 동아일보사
등록 | 1968.11.9(1-75)
주소 | 서울시 서대문구 충정로3가 139번지(120-715)
마케팅 | 02-361-1031~3 팩스 02-361-1041
편집 | 02-361-0967 팩스 02-361-0979
홈페이지 | http://books.donga.com

ISBN 978-89-7090-715-4   03810
값 13,800원